Coleção

Coleção **anamaria machado**

Amigos secretos

Ilustrações

Laurent Cardon

ALTAMENTE RECOMENDÁVEL – FNLIJ

Amigos secretos
© Ana Maria Machado, 2003
© Ilustrações de personagens do *Sítio do Picapau Amarelo*: 2001, TV Globo/Monteiro Lobato

Diretor editorial   Fernando Paixão
Editor assistente   Fabio Weintraub
Coordenadora de revisão   Ivany Picasso Batista
Revisora   Alessandra Miranda de Sá

ARTE
Edição   Suzana Laub
Editor assistente   Antonio Paulos
Projeto gráfico   Victor Burton
Editoração eletrônica   Ana Paula Brandão
Editoração eletrônica de imagens Cesar Wolf

CIP-BRASIL. CATALOGAÇÃO NA FONTE
SINDICATO NACIONAL DOS EDITORES DE LIVROS, RJ
M129a
Machado, Ana Maria, 1941-

   Amigos secretos / Ana Maria Machado ; ilustrações Laurent Cardon. - São Paulo : Ática, 2004
   il. - (Ana Maria Machado ; v.6)

   Contém suplemento de leitura
   Inclui bibliografia
   ISBN 978-85-08-09070-9

   1. Amizade - Literatura infantojuvenil. 2. Livros e leitura - Literatura infantojuvenil. I. Título. II. Série.

05-2177.   CDD 028.5
                                        CDU 087.5

ISBN 978 85 08 09070-9 (aluno)
CL: 730093
CAE: 222642
Cód. da OP: 248598

2024
1ª edição
28ª impressão
Impressão e acabamento: Forma Certa Gráfica Digital

Todos os direitos reservados pela Editora Ática S.A.
Avenida das Nações Unidas, 7221
Pinheiros – São Paulo – SP – CEP 05425-902
Atendimento ao cliente: (0xx11) 4003-3061 – atendimento@aticascipione.com.br
www.aticascipione.com.br

IMPORTANTE: Ao comprar um livro, você remunera e reconhece o trabalho do autor e o de muitos outros profissionais envolvidos na produção editorial e na comercialização das obras: editores, revisores, diagramadores, ilustradores, gráficos, divulgadores, distribuidores, livreiros, entre outros. Ajude-nos a combater a cópia ilegal! Ela gera desemprego, prejudica a difusão da cultura e encarece os livros que você compra.

Você nem imagina a história fantástica que o Antônio Carlos, o Pereba, tem para contar: ele e sua turma, o pessoal do clubinho (que tem até casa na árvore!), descobriram uma espécie de passagem mágica. Quem resolver atravessá-la vai viver uma aventura incrível, daquelas que a gente só encontra nos grandes livros.

O Pereba, a Lu, a Lorena, o Duda, a Carol, o Mário, o Sérgio, a Helô e a Pilar toparam o desafio e foram parar no plano da fantasia. E que recepção eles tiveram do lado de lá!

Tudo ia muito bem até que o inesperado aconteceu: os heróis também se interessaram pelo mundo real... Ih! Foi a maior confusão! Fantasia e realidade se uniram virando a vida de todos de pernas para o ar.

Use e abuse da sua imaginação e viaje com Pereba e sua turma ao encontro dos amigos secretos. Você vai viver uma experiência encantadora que só a literatura pode proporcionar.

Sumário

1. *Um pedido de ajuda* 9
2. *Um clubinho e um clubão* 15
3. *Cadê o bolo que estava aqui?* 27
4. *Ladrão de bicicleta* 41
5. *Um reforço inesperado* 53
6. *Vantagens e vaidades* 65
7. *Justiceiros vingadores* 79
8. *De linguiça a espadachins* 93
9. *Outros perigos* 109
10. *... E o vento levou* 119
11. *Amigo novo* 125
12. *Pereba fica de fora* 129

anamariamachado com todas as letras 135
Biografia 136
Bastidores da criação 140

1 *Um pedido de ajuda*

Na verdade, estou cheio de dúvidas. Nem sei se devia estar aqui contando o que aconteceu. Afinal de contas, é um segredo. Meu e dos meus amigos.

Mas a única maneira de pedir ajuda é contar. E a gente está precisando muito de ajuda. Então, não tem outro jeito... Contamos!

Fizemos uma reunião e discutimos isso tudo. Foi meio complicado, porque cada um tinha uma opinião diferente.

Houve quem achasse que era melhor não contar nada, não pedir ajuda e deixar tudo como está, porque ninguém ia acreditar mesmo e ainda iam rir na nossa cara.

Mas outros acharam que valia a pena tentar, só que a gente ia ter que tomar muito cuidado, disfarçar um pouco, trocar os nossos nomes, mudar umas coisinhas. E acabamos ficando todos de acordo: pelo menos, íamos tentar.

Quando concordamos sobre isso, a discussão mudou. Ficou todo mundo dando palpite sobre o que se devia mudar na hora de contar a história. As meninas começaram a escolher nomes para elas. Tudo nome meio estrangeiro, cheios de k e y, nomes de atriz da televisão e modelo, até parece que a gente mora num lugar em que ninguém se chama Júlia, Joana, Antônia...

Depois ficaram todos sugerindo outras coisas que devíamos mudar na gente para virar personagem e entrar na história: todo mundo queria ser um pouco mais velho, as meninas queriam ser bonitas (na verdade, lindíssimas, deslumbrantes), os meninos queriam ser fortes (ou melhor, uns atletas), foi a maior confusão. Mas depois resolvemos votar e acabamos decidindo algumas coisas importantes.

Primeira: como tudo isso é secreto e a gente tem medo de que descubram, é importantíssimo não dar pistas. Quer dizer, se ficarmos dizendo a "verdade" (isto é, como somos os mais lindos e fortes), todo mundo pode ver que somos nós... Melhor fazer mais natural, para disfarçar. Pelo menos, foi o argumento do Tiago para convencer a turma.

Segunda: como não dá certo ficar todo mundo dando palpite e querendo contar ao mesmo tempo, o melhor era fazer por escrito. Quer dizer, encarregar alguém de escrever sozinho e depois mostrar para os outros, para ver se estavam de acordo.

Terceira: tinha que ser alguém que estivesse acostumado a escrever. E, como a Lu vive lendo o tempo todo, a Lorena passa o dia brincando no teclado do computador e eu sou o redator do jornal do clubinho, devia ser um de nós três.

Quarta: ia ser decidido por sorteio.

Quinta: quem fosse sorteado é que resolvia como ia contar e transformar o que aconteceu em história e pedido de socorro.

Decidir o que ia mudar, quanto ia exagerar, quanto ia esconder, todas essas coisas. Os outros iam ter que aceitar, só podiam discutir um pouquinho no final, depois de ler. Quer dizer, a gente concordou que um de nós ia ser um porta-voz, que nem esses caras que aparecem na televisão falando pelo governo. Ou seja: podia falar em nome dos outros, e íamos ter que respeitar isso. Escrever é uma coisa muito complicada para ficar cada um puxando a história para um lado. Tem que ser feito sozinho. (Mas, depois, cada leitor que puxe para onde bem entender. Quem manda na escrita pode ser o escritor, mas quem manda na leitura é o leitor...)

Depois de resolver todas essas coisas – que não foram nada fáceis, foi preciso um monte de reuniões do clubinho... –, finalmente fizemos o sorteio.

O Duda escreveu em três pedaços de papel iguais:
LU
LORENA
PEREBA

Depois a Cláudia dobrou os três papéis bem dobradinhos, bem iguais.

Depois a Carolina pôs os três papeizinhos dentro das mãos fechadas e embaralhou bem.

Depois a Pilar abriu a lata de biscoitos do clubinho para a Carol jogar os papéis lá dentro e misturar mais antes de sortear. Mas estava cheia de farelo. Tivemos que esperar enquanto o Mário e o Sérgio iam depressa espalhar as migalhas para os passarinhos e corriam até a bica para passar uma água dentro da lata.

Depois o Mário tirou a camisa e secou o interior da nossa urna biscoital.

Só então pudemos sacudir os papéis dobrados e fazer o sorteio. O Sérgio, que é o menorzinho, tirou um papel. Como ele não sabe ler, passou para o irmão.

E, finalmente, o Mário leu:

– Pereba! Quem vai escrever tudo vai ser o Pereba!

"Ótimo!", pensei. "Porque a primeira coisa que eu vou fazer vai ser acabar com esse apelido de Pereba, que eu detesto e é superinjusto... Não tem nada a ver, foi só uma espinhazinha à toa, pequenina, que deu o azar de inflamar..."

E deu certo mesmo. Voltei a ser Antônio Carlos e hoje em dia ninguém mais se atreve a me chamar de Pereba...
Está estranhando? Por quê? Porque o nome que está escrito aí é Pereba? Mas é claro! Esperteza de escritor.
Acompanhe o meu pensamento: meu nome mesmo não é Antônio Carlos, esse é só o nome que eu inventei para escrever aí e ficar no lugar do meu. Só que Pereba era meu apelido mesmo – mas só lá no clubinho. Fora dele, ninguém me chamava assim nem sabia disso e eu morria de medo daquela mania se espalhar. Então usei o apelido na história, como se fosse falso.
E ninguém mais me chamou de Pereba, para que quem lesse isto não pudesse descobrir que eu era eu e, portanto, eles eram eles, meus amigos inseparáveis. Porque nesse caso, logicamente, como você já deve ter desconfiado... nós seríamos nós. E não haveria mais segredo nenhum.
E foi assim que eu, Antônio Carlos (rá!rá!), vulgo O PEREBA (rá-rá-rá!), virei o escritor desta história e autor deste pedido de ajuda.

2 Um clubinho e um clubão

Antes de começar a contar exatamente o que nos aconteceu, é preciso explicar um pouco quem somos nós e o que é esse tal de clubinho. A esta altura, você já conhece os nossos nomes (falsos, como já expliquei, mas os únicos que você vai ficar conhecendo até o fim de toda esta história, por isso trate de se acostumar com eles e fazer de conta que são de verdade). Falta saber como é cada um de nós e onde a gente se encontra.

E como isto aqui é uma espécie de rascunho, uma primeira versão que estou escrevendo no computador, vou explicar tudo bem certinho e detalhado. Depois, se eu achar que é o caso e fui indiscreto, ou falei alguma coisa que é muito secreta ou que pode ofender alguém, eu corto. Ou substituo por algo mais educado.

Em primeiro lugar, vem a Lu. Pelo menos, para mim, ela é sempre a primeira. Mas morro sem confessar e ela nunca vai saber. (Viram só?, isso é segredo e depois eu conto.) A não ser que algum dia eu possa também ter certeza de que, para ela, eu é que sou o primeiro em tudo. Mas, por enquanto, acho isso um sonho difícil...

Bom, mas a Lu é... como é que eu posso explicar?... uma menina muito especial. E isso numa turma superespecial, como é a do clubinho. A Lu é cheia de ideias, divertida, bem-humorada (quando não se zanga). Tem o cabelo preto e curto, o nariz mais certinho que eu já vi e uns olhos enormes que mudam de cor (em geral são castanho-claros, assim meio cor de mel, mas nos dias de sol ficam verdes). Aliás, a Lu quando pega muito sol é toda diferente da gente: antes de ficar morena, ela primeiro fica vermelha, depois aparece com mais umas sardinhas na cara. Sardinha/sarda pequena, ô cara, aquelas pintinhas claras, não fica aí me olhando com essa cara como se eu tivesse dito que ela tem sardinha-peixe na pele... Enfim, a Lu é meio sardentinha, de leve, e por isso é diferente do resto da turma; todo mundo é bem moreno e pode ficar no sol o quanto quiser. Mas ela disse que é branquela assim por causa de uns avós italianos... Vai ver, é mesmo... Mas, com toda certeza, é por causa dos avós e dos pais que a Lu, com doze anos, já leu tanto.

Eles têm um montão de livros em casa, paredes e mais paredes cobertas de estantes, cheias de livros, quase tudo com marca de já ter sido lido e relido, sabe como é?, aquelas lombadas meio enrugadinhas... E eles leram mesmo, ficam comentando as coisas de que gostaram.

Ainda outro dia o Tiago estava dizendo que, cada vez que vai lá, alguém fala de alguma leitura diferente e ele fica morrendo de vontade de ler. Quer dizer, na casa da Lu tem sempre alguém lendo, tem sempre um livro aberto emborcado em cima de uma mesa, um outro do lado da poltrona com um marcador dentro, outro esquecido no meio das fitas de vídeo, uma pilha na mesinha de cabeceira... Até no banheiro tem sempre uns dois livros diferentes. É legal a gente ir ao banheiro na casa da Lu porque acaba lendo uma crônica ou umas piadas enquanto está lá sentado fazendo outras coisas.

A maior amiga da Lu é a Helô, que é também prima dela e tem uns dois anos a menos. Mas é muito diferente. Tem o cabelão bem comprido e a pele bem morena. Os olhos são verdes mas não mudam de cor. Ela é que muda muito de gênio. Tem horas que é superanimada, topa tudo, uma amigona. Tem horas que fica com preguiça de sair, quer dormir até meio-dia, acha que todas as ideias dos outros são sem graça. E, quando entra nessa, às vezes fica tão implicante que ninguém aguenta. Mas a Lu acha que é porque o irmão mais velho da Helô, o Daniel (que, graças a Deus, não é da turma), implica tanto com ela que a Helô teve que aprender a se defender e ficar também meio chata às vezes, para não ser dominada por ele e não virar uma boneca sem vontade.

Não sei, não, essa explicação nem sempre me convence muito... Mas, de qualquer modo, os ataques de implicância da Helô não são muito frequentes e, quando não está atacada, ela é ótima amiga de todo mundo.

Além do mais, não dá para ninguém ficar muito zangado com uma menina tão bonita, com um sorriso tão lindo. Também, a mãe dela é dentista e ela é maníaca: depois de comer cada coisinha faz questão de escovar os dentes, passar fio dental, bochechar com líquidos especiais, esses troços... Para essas coisas de dentes, ela nunca tem preguiça. Só para o resto. Deve ter um pouco de preguiça até mesmo para ler, porque

passa as férias na casa dos avós junto com a Lu e acho que leu muito menos coisa. Mas, também, é mais nova, teve menos tempo desde que se alfabetizou. Pode até ser por isso.

De qualquer modo, alguma coisa as duas têm em comum – sobem em árvore melhor do que todo mundo da turma (mas também, com aquela goiabeira no quintal da avó delas, qualquer um aprende, não é vantagem).

Menos eu, claro, que subo em árvore que nem um macaco. E sempre aproveito as oportunidades de ir com a Lu até os galhos mais altos da mangueira do clubinho, onde a gente pode conversar sem ninguém interromper, porque o resto do pessoal não tem coragem de chegar tão alto, a não ser a Helô. Ou, quando se arriscam, não sabem descer direito e ficam morrendo de medo. Dá para a gente sacar, pela cara. Até mesmo o Tiago, que é da minha idade, faz mais gol que todo mundo, briga bem quando é preciso e já subiu a cachoeira pelas pedras do meio, num ano que choveu pouco e o rio estava meio seco. Aqui para nós, se eu estivesse no lugar dele, ia morrer de medo – de escorregar, da água me arrastar. Por isso, não faz mal ele ter medo de subir nos galhos altos da mangueira. Cada um sabe onde se garante.

Bom, já que falei nele, é melhor acabar de apresentar o Tiago de uma vez. Além do que eu já disse, dessa coragem toda, tem uma coisa muito importante: ele é meu melhor amigo, um grande cara.

Nós dois temos a mesma idade e gostamos das mesmas coisas. Meu medo é que a gente goste da mesma menina, mas isso foi uma coisa que nunca conversamos. Acho que até mesmo por causa do meu medo. Quer dizer, eu sempre mudo de assunto e desconverso quando sinto que a gente está quase falando nisso. Porque eu tenho quase certeza de que a Lu e a Helô têm outra coisa em comum: eu acho que as duas gostam do Tiago, mas não gosto nem de pensar nessas coisas. E não interessa mesmo a ninguém. (Acho bom eu também cortar este parágrafo inteiro depois.)

Ih! Acabo de lembrar que fui injusto, quando disse que ninguém mais sobe em árvore tão bem, nem chega tão alto... Eu tinha esquecido do Duda.

Mas não é vantagem – o Duda não conta, ele não tem medo de nada, nadinha mesmo. Também, ele mora aqui direto, o ano todo, não é como a gente, que vem só para as férias. Ele, não. Tem o tempo todo para ficar treinando. Toma banho de rio todo dia, conhece cada pedrinha da cachoeira. E sobe até em coqueiro, de verdade!

O pai dele é peão de um sítio que fica atrás do morro, nos fundos do clubinho, e por isso o Duda está acostumado a ajudar no trabalho: juntar gado no pasto, carregar lenha, subir em coqueiro para tirar coco, capinar a roça, colher milho, plantar mandioca... Então, no verão, quando a gente chega, está mais forte e mais em forma que todo mundo. Ele é um ano mais velho do que o Tiago e eu, mas, se fosse pela altura, nem parecia, porque é bem menor. Só que o baixinho é troncudo e forte mesmo – pra falar a verdade, é capaz de, sozinho, ter mais força que o Tiago e eu juntos. Para certas coisas, claro... Mas, em compensação, se atrapalha todo com computador e vídeo – o que acabou dando origem a toda a confusão em que nos metemos. Daqui a pouco eu começo a contar, quando acabar de apresentar os outros.

Antes de passar para os menores e as outras meninas, só ficou faltando dizer uma coisa do Duda: ele é fissurado em *videogame* – parece até a Lorena, irmã do Tiago, com aquele computador que ela não larga. O Duda só joga nas férias, ou em algum fim de semana, quando a gente vem. Mas adora; é capaz de largar qualquer coisa para ficar na frente de uma telinha, tentando pas-

sar para o nível seguinte. E quando "morre", bate na própria cabeça e xinga feito um doido. Depois fica todo envergonhado e pede desculpas. Uma figura... Mas um amigão.

    A Carolina, a gente quase só chama de Carol. Ela mora (aliás, passa os fins de semana e as férias) numa casa ao lado da minha – que fica quase em frente à dos avós da Lu e da Helô. É a irmã mais velha do Mário e do Sérgio, toda protetora com eles, mas também muito mandona. Eu ia detestar ter uma irmã assim (ainda bem que a minha, a Pilar, é bem menor, e quem manda nela sou eu), mas eles devem estar acostumados, porque nem ligam. E a verdade é que, fora o mandonismo com os irmãos, a Carol é uma menina muito legal, divertida, sem nhem-nhem-nhem, que empresta numa boa as coisas que tem e está sempre disposta a dar uma mãozinha quando a gente precisa. Vive grudada com a Cláudia, filha do caseiro dela – uma garota bonitinha, bem morena, ligeira e esperta feito passarinho, de olhos pretos brilhantes e cabelos cacheados, super boa-praça.

As duas têm a maior paciência com a minha irmã Pilar. Acho até que, se não fosse pela Carol e pela Cláudia, na certa a Pilar nem teria entrado no clubinho. Nem o Mário e o Sérgio, aliás. Criança pequena pode atrapalhar muito na hora em que a gente quer se meter numas aventuras mais sérias.

Mas as duas tomam conta deles, ajudam a carregar as mochilas e a subir nas árvores e nas pedras, lembram de dar lanche, sopram joelho esfolado e dizem "vai passar", e até já se revezaram uma vez para trazer a Pilar de volta no colo, quando inventamos de ir até a Ponte das Tábuas e era muito mais longe do que a gente pensava. Foi uma canseira e chegou todo mundo exausto.

Todo mundo, menos o Duda, que é mais resistente. E a Lorena. Simplesmente porque ela não foi. Foi a única que, antes de sair, perguntou a uns e outros a que distância ficava o tal lugar, quanto tempo se levava para ir, essas coisas todas. Depois, fez as contas do peso que a gente estava levando na mochila e começou a dizer que era demais, que, em vez de fazer uma caminhada daquelas, era melhor ir todo mundo de bicicleta, já que a estrada ia até lá perto. E quando viu que a Helô ficou dormindo até tarde e tínhamos perdido a hora esperando por ela, disse que era uma maluquice sair andando com aquele peso todo debaixo daquele sol de verão, que íamos fazer um esforço enorme bem na hora do calor mais forte do dia, e que ela não ia.

Parece até que rogou praga.

A Lu voltou vermelha como um pimentão, depois ficou dias descascando a testa e o nariz.

O Mário e o Sérgio reclamaram todo o caminho de volta, enquanto iam levando bronca da mandona da Carol.

A Helô aguentou firme, para não dar o braço a torcer – mas teve febre de noite.

Nem sei como o Tiago, o Duda e eu chegamos em casa, ainda mais carregando as coisas que os menores iam largando pelo caminho e não podiam ficar para trás – mochilas cheias de agasalhos, canivetes, bússola, mapas, remédios e uma porção de trecos que a gente não usou. Tinha até um despertador(!) e um ursinho de pelúcia. Para não falar em um pacotão de ração de gato que a gente largou por lá mesmo, e que o Sérgio tinha inventado de levar escondido, para o caso de achar algum filhote de onça, que ele queria domesticar...

Mas esse passeio catastrófico não vem ao caso nem interessa à nossa história. Só falei nele para explicar como é a Lorena. Porque quando voltamos, esbaforidos e espandongados, lá estava ela de banho tomado, toda fresquinha e perfumada na varanda, na frente do computador, com um enorme jarro de limonada cheio de gelo à nossa espera. Tinha calculado que, se não voltássemos até aquela hora, ia avisar os pais para alguém ir nos buscar. Mas estava hesitando, com medo da gente levar uma superbronca.

Como chegamos, não houve carona nem bronca, e tudo acabou bem. Mas isso tudo é a cara da Lorena. Sempre na dela, organizada, planejando coisas. Às vezes um pouco demais para o meu gosto (vai ser melhor tirar isso na versão final, ela pode se chatear. A não ser que eu queira aproveitar o texto para dar um toque sutil em tanto planejamento e organização).

Bom, de qualquer modo, acho que eu disse de cada um as principais coisas que vão influir no que aconteceu. Falta explicar o clubinho.

Como já deve ter dado para sacar, porque eu fui explicando mais ou menos, nós não somos uma turma de rua, dessas de cidade. Só nos encontramos em Cedrinho, um lugar de férias, na serra, com sítios, chácaras e casas de fim de semana. Não essas mansões maravilhosas que a gente vê em revistas e nas novelas da televisão, mas umas casas bem simples, porque quem pode pagar mais prefere os lugares que têm estrada asfaltada, que não ficam isolados quando chove, que têm luz elétrica (coisa que, em Cedrinho, só chegou há dois anos). Lugares aonde se pode ir de ônibus, se for preciso, ou aonde você não tem que meter o carro dentro de um riacho para chegar ao outro lado, porque falta uma ponte.

Cedrinho é assim, meio fim de mundo. Mas bom demais.

Antigamente era só roça, no meio do mato. Mas os avós da Lu descobriram uns amigos que moravam lá perto, acabaram comprando um terreno e fazendo a casa deles, para passarem as férias com os filhos, desde pequenos. Quando cresceram, um filho virou pai da Lu, a filha virou mãe da Helô. Pois bem, essa filha um dia trouxe uma amiga (minha mãe), que acabou arrumando um lugar em frente. Meu padrinho, pai do Tiago, também veio, gostou e ficou. E assim, aos pouquinhos, foi tendo mais casa, e de vez em quando tinha criança nova. A gente se conhece desde pequeno, ficou uma turma que é quase uma família.

Os pais da Lu querem ter a casa deles um dia. Até já compraram um terreninho, no fim da "rua" da vila, onde ficam as casas e a venda do Vantuil. Mas, como não têm dinheiro para construir, só mandaram limpar o terreno e cercar, com uma porteira. E inventaram de fazer uma casa numa árvore, para a gente brincar. De madeira, com assoalho, telhado, parede, janela, varanda, escadinha e tudo.

Foi assim que surgiu o "Clube da Árvore", o nosso clubinho. Começamos a fazer nossas reuniões lá em cima, onde só a gente podia entrar. Passamos a levar biscoitos, bananas, queijinhos, mariola ou paçoca da venda do Vantuil. Fomos levando caixas de papelão, garrafas d'água, alguns brinquedos, revistas (e livros, que a Lu não dispensa) e até uma espécie de tapete que pode servir de cobertor numa emergência.

Depois os pais da Lu resolveram fazer um depósito de ferramentas no terreno. Uma construção de verdade, de tijolo, chão de cimento, telhado de telha. Com dois quartinhos – um para depósito mesmo e outro não sei para que, com um banheirinho junto, que acabou virando lugar de entulho de móvel velho, brinquedo quebrado, uma bicicleta toda torta do Tiago que estava aos pedaços, essas coisas. Aí chegou a luz elétrica e eles trouxeram uma televisão velha da cidade, para ver nos fins de semana. Era tão velha, que na semana seguinte já tinha ido parar no tal quarto de entulho, porque alguém arrumou uma melhor para a casa. E, quando o vídeo lá de casa (que também devia ser, pelo menos, contemporâneo de Cristóvão Colombo) passou a dar uma ziquizira de vez em quando e mastigar as fitas, minha mãe deixou que eu o levasse também para lá. Afinal, técnico nenhum conseguia mesmo consertar direito e o defeito vivia voltando. Com isso, ganhamos uma sala de eletrônica (que às vezes chamamos de clubão) e o clubinho ficou superequipado. Com um ambiente mais protegido do frio, onde dá para a gente ficar quando chove.

E foi justamente num desses dias de chuva e neblina, de inverno na serra, que tudo começou.

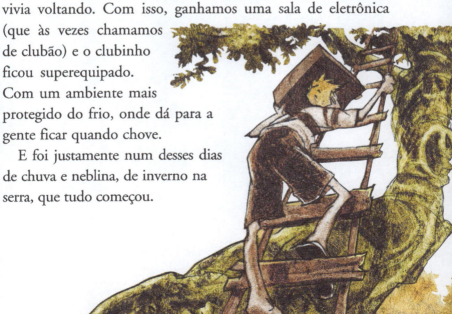

3 Cadê o bolo que estava aqui?

As férias de julho estavam começando e a gente tinha inventado de tomar café da manhã no clubinho, porque bem cedo, no inverno, a neblina é tão forte que fica parecendo filme de terror, é o maior barato.

Acho que os pais adoraram a ideia de ficar dormindo até mais tarde num domingo, sem barulho dentro de casa, e colaboraram de verdade. A mãe da Helô fez bolo de chocolate. Na véspera, o pai da Carol ajudou a gente a carregar para o clubinho uma cesta cheia de canecas, pratos e talheres. E minha mãe emprestou até a torradeira para podermos fazer umas torradas. Foi só esquentar o leite na cozinha antes de sair, botar numa garrafa térmica, e daí a pouco estávamos todos sentados no tapete, fazendo um piquenique na nossa sala de eletrônica – porque o clubinho da árvore estava um gelo, com a madeira toda molhada.

No canto, em cima da única mesinha pequena que havia, estava a cesta que viera na véspera, com a louça e um bocado de comida – pão, manteiga, geleia, queijo. Não cabia tudo, e algumas coisas tiveram que ser postas perto da porta, em cima de um caixote.

A Cláudia supervisionava as torradas, passava manteiga, ia entregando a cada um. O Tiago se encarregou de servir o leite nas canecas, a Lu botava dentro as colheradas de chocolate em pó, mexia bem, e ia passando adiante. Carol ajudava Pilar, que já estava se lambuzando toda. De repente, ouvimos o grito da Helô:

– Cadê o bolo de chocolate que estava aqui?

Olhamos para o prato e, desolados, vimos que só tinha uma migalhinha.

Helô fazia um escândalo:

– Eu quero meu bolo! Se eu pego esse ladrão, vou encher de porrada!... O bolo que minha mãe fez, que eu trouxe com tanto cuidado para não tropeçar e não deixar cair... Pra de repente chegar um espertinho e comer tudo? Ah, isso não vai ficar assim...

Todo mundo falava ao mesmo tempo:

– Pô, é a maior sacanagem...

– Quem foi o ladrão?

– Até sonhei com esse bolo...

– E vocês não sabem como ontem ele ficou cheirando pela casa toda, quando estava no forno... A gente ficou com água na boca.

– Eu quero meu bolo!

– Eu também!

– Quem pegou?

– Quem foi? Vai ter que dizer!

A única que não gritava era Pilar, que quando está tomando leite não interrompe para nada. Ah, e também o Sérgio, sentado diante da telinha da tevê, como se estivesse hipnotizado por uma fita de vídeo que o Duda tinha posto para ele assistir e dar uma folga enquanto a gente arrumava as coisas. Nem piscava, era como se não estivesse ouvindo nada.

Mas com exceção dos dois menores, ocupados em outras coisas, nós todos estávamos furiosos. Num instante, estávamos em volta do Mário, que é um guloso e comilão de marca maior e, obviamente, era o principal suspeito. A Carol, com a autoridade de irmã mais velha, agarrou os dois ombros dele, deu uma sacudida e mandou ver:

— Pode ir dizendo onde você escondeu o bolo. Você não me engana, não dava tempo de comer tudo...

– Não fui eu... – defendeu-se ele.
– Deixe de ser mentiroso! – gritou a Helô. – Só pode ter sido você. Estava todo mundo ocupado, fazendo alguma coisa por aqui... Só você, Carol e Duda é que não estavam em volta da mesa.
– Isso mesmo – confirmou a Cláudia. – A Carol estava com Pilar, Duda com Sérgio... Não foram eles. Agora a gente ficou sem bolo.

Mário ficou com a boca tremendo, os olhos cheios de lágrimas, e repetiu:

– Não fui eu, já disse!
– Cheira a boca dele, vê se está com cheiro de chocolate... – sugeriu Tiago.
– Vê se tem alguma migalha caída pela roupa, ou pelo chão, perto de onde ele estava – lembrei.

Foi feita a investigação. Nada. Nem um indício.

– Não fui eu! – repetia Mário.
– Se não foi você, quem pode ter sido? – perguntei.

Parecia até combinado. Todo mundo ficou em silêncio de repente, pensando. E, no meio desse silêncio, a Pilar se levantou da frente da tevê, veio entregar a Carol a caneca de leite vazia, e disse:

– Foi o porquinho.
– Não enche, Pilar! – cortei, com a minha autoridade de irmão mais velho. – Cale a boca. A gente está falando de uma coisa importante.
– Eu sei, é do bolo de chocolate que ele comeu... Eu vi... – respondeu ela.
– Ele quem? – interroguei.

Uma testemunha ocular... Isso mudava o rumo das investigações. O círculo que se fechava em torno do Mário deslocou-se imediatamente e cercou Pilar.

– Você viu? Quem foi? – repetiu Carol.
– Foi ele, o porquinho...
– Que porquinho? O porcalhão do Mário?

Pilar riu, aquela gargalhadinha dela que tem horas que é a maior delícia ouvir, mas nesse momento era irritante.

– Não, o porquinho mesmo, do rabo enrolado. O porquinho da boneca.

Ninguém entendeu nada. Mas Pilar ficou repetindo que um porquinho de rabo enrolado e fita no pescoço (imaginem só!) tinha entrado ali e comido o bolo todo de uma vez. E ainda disse mais: contou que, quando ele ia começar a comer os biscoitos que estavam ao lado, tinha aparecido uma boneca correndo atrás dele e os dois tinham ido embora.

A gente tinha mais o que fazer. Não íamos perder tempo com histórias de criança. Tínhamos que acabar de comer logo e partir para uma investigação mais trabalhosa, à procura de pistas que nos levassem ao verdadeiro ladrão.

Se não era o Mário – e a esta altura já estávamos praticamente convencidos de que ele era inocente –, então a situação era muito mais séria. O clubinho estava sendo alvo da ação de bandidos ousados, capazes de agir sob nossas barbas (bom, nenhum de nós tem barba, mas é modo de dizer). Tínhamos que nos defender: descobrir o culpado e dar uma lição nele. Com urgência.

Mas, antes mesmo de ficarmos prontos para começar nossa investigação, ouvimos a voz do Sérgio:

– Olha lá o porquinho!

No primeiro momento, ninguém viu nada. Também, não podíamos ver, porque estávamos olhando justamente para onde ele não estava. Ou seja, para todos os cantos do clubão, para a janela, para o terreno lá fora. Mas aí a Pilar deu uma risadinha e acrescentou:

— A boneca está dando a maior bronca nele!
Olhamos para onde ela olhava: a tela de tevê. Realmente, uma boneca de pano com o cabelo todo espetado corria por um quintal com uma vassoura na mão, atrás de um porco que tentava fugir e se esconder como podia.

— Essa não! Um filme? — fiquei furioso. — E vocês fazendo a gente perder tempo com isso?

Mas o Tiago fez um gesto para eu calar a boca e só então ouvi, com toda nitidez:

— Seu leitão de uma figa! Então não chega ter comido a bandeja toda de cocada? Ainda tinha que ir roubar o bolo de chocolate das crianças no clubinho?

Puxa, que coincidência! Nós nos olhamos espantados.

A boneca continuava:

— Ah, se eu te pego, seu marquês de meia-tigela... Você vai se arrepender...

Acabaram de atravessar o quintal, viraram atrás do galinheiro e sumiram. Mas logo em seguida, pelo outro lado, apareceram um menino e uma menina, rindo e conversando:

— Um dia, ela ainda quebra esse cabo de vassoura no lombo dele — disse o menino.

— Não se preocupe, é só briga de marido e mulher — riu a menina. — Ela faz esse barulhão todo, mas bem que gosta dele.

— Pois sim! Gosta, uma ova. Ela só casou com ele porque você a enganou, com aquela história de dizer que ele era marquês, encantado por uma bruxa, e que ele estava procurando na lama um anel mágico para desencantar, essas coisas todas. O que ela queria era ser marquesa...

— Princesa, Pedrinho, princesa... Marquesa foi só prêmio de consolação — corrigiu a menina, às gargalhadas. — Marquesa de Rabicó!

A esta altura, a gente já tinha descoberto (como você também já deve ter feito) que os pequenos estavam assistindo ao *Sítio do Picapau Amarelo*. Narizinho e Pedrinho estavam na tela, rindo da boneca Emília, que corria atrás de Rabicó. Mas Helô notou:

— Devem ter mudado a atriz que fazia o papel da Emília. Está tão diferente...

— Os outros também — comentou Carol.

— Mas ela está mais. Diferente e pequena, parece que encolheu. Está quase do tamanho de Rabicó.

— Deve ser uma série nova, com efeitos especiais. Porque ela está mesmo igualzinha a uma boneca de pano — insistiu Helô.

— Mas, é claro, a Emília é uma boneca de pano! Só ficou assim faladeira e asneirenta depois que tomou a pílula falante do Doutor Caramujo. Vocês não sabiam?

Saber, sabíamos. Pelo menos, alguns de nós, os que já tinham lido os livros do Monteiro Lobato. Ou visto a série na televisão. Mas o que nenhum de nós sabia, nem podia imaginar, é que aquilo que estava acontecendo fosse possível. Porque quem tinha acabado de dar essa explicação era a própria Narizinho. Debruçada para fora da tela, falando conosco como se estivesse na janela conversando com a vizinha e isso fosse a coisa mais natural do mundo.

"Ainda estou dormindo", pensei. "Acordar no inverno é fogo... Demora muito..."

Ficamos todos mudos uns instantes.

Quem se recuperou primeiro foi a Lu, e resolveu fazer uma experiência. Chamou:

— Pedrinho!

Ele também olhou para fora da tela e respondeu:

— Que é, Lu?

— Ué, você sabe meu nome?
— Você não sabe o meu?
— Bom, mas eu sempre li as histórias do Sítio, conheço vocês todos, como se fossem de verdade, meus amigos.
— Pois, então, é verdade.
Parecia que a Lu tinha pirado. Deu uma de tiete e foi em frente:
— Eu adoro as histórias de vocês, li todos os livros do Monteiro Lobato. Alguns, mais de uma vez. Sempre sonhei que podia ser tudo verdade, eu podia ir até o Sítio, conhecer vocês todos, a gente podia se meter numas aventuras juntos...
— Pois então venha – convidou Narizinho.
— Escute aqui – interrompeu Tiago. – A conversa está muito boa, mas a gente precisa entender melhor o que está acontecendo. Como é que essa televisão velha ficou interativa de repente?

— Deixa isso para lá... – disse Helô. — Vamos curtir a visita. Aproveitar e perguntar a eles uma porção de coisas. Eu quero saber tudo do Reino das Águas Claras e daquele peixinho que era príncipe... Como era mesmo o nome dele?

Como ninguém respondeu e Helô não queria ser indelicada, foi conferir o nome exato do Príncipe Escamado. Abaixou-se e começou a procurar no caixote de livros. Logo, estava perguntando:

— Cadê o *Reinações de Narizinho*? Ainda hoje cedo estava aqui, em cima de tudo...

Foi então que o Duda, muito sem jeito, quase gaguejando, disse:

— Fu... fui eu.

— Foi você o quê?

E então ficamos sabendo.

Enquanto estávamos arrumando as coisas para o nosso piquenique/café da manhã, o Sérgio estava muito agitado, correndo por todo lado, falando sem parar. A Carol, ocupada com a Pilar, pediu ao Duda para ligar a televisão e procurar algum programa interessante. O Duda ligou, mas não aconteceu nada, só um chuvisco na tela. Nada de imagem. Aí ele resolveu botar uma fita de vídeo. Atividade das mais simples, mas na qual ele tem o dom de se confundir cem por cento das vezes. Desta vez, a fita não entrava, como se tivesse um troço lá dentro atrapalhando. Duda resolveu cutucar com alguma coisa. Passou a mão no que estava mais perto: um livro guardado no caixote ao lado. Assim que o livro encostou na abertura do vídeo, o aparelho o engoliu.

— Parecia coisa de bicho esfomeado... – explicou Duda.

— Vai ver, já era o Rabicó de boca aberta – zombou Tiago.

— Continue – ordenou a mandona da Carol.

— Bom, aí eu fiquei meio nervoso, né, com medo de vocês falarem outra vez que eu não sei mexer nisso, que ia acabar quebrando, essas coisas. Peguei o controle remoto, para ver se conseguia dar um jeito. E peguei também o tal *stick* de jogar aqueles jogos. Aí foi tudo ao mesmo tempo.

— Tudo o quê?

— Apertei um botão do controle com uma mão, puxei o *stick* com a outra, e o passarinho se meteu.

— Que passarinho, cara? Ficou maluco? — confesso que eu não estava com a menor paciência para explicações que não explicam.

— Um beija-flor que entrou pela janela, enfiou o bico naquele buraquinho ali, que vocês disseram que é para "o lugar" do outro aparelho...

— Para "plugar" outro aparelho... — corrigiu Lorena, mas ninguém ligou.

Estávamos todos ouvindo atentos a história do Duda, sem querer perder nem uma palavrinha. E ele continuava:

– ... e foi embora. Na mesma hora que o beija-flor sumiu, acendeu tudo, apareceu uma casinha branca com duas velhas conversando na varanda, uma preta e uma branca, e eu achei que estava tudo bem, fui ajudar a passar manteiga no pão.

– Dona Benta e tia Nastácia! – identificou a Lu.

– Cadê? – perguntou Mário.

– Foram lá pra dentro, que vovó queria explicar umas coisas na cozinha... – respondeu Pedrinho.

– Então como é que a Lu viu? Eu também quero ver... – insistiu Mário. – Sempre tive a maior vontade de conhecer tia Nastácia, comer um daqueles bolinhos que ela faz...

– Eu não vi velha nenhuma – disse a Lu. – Só falei porque descobri quem era, quis explicar quem estava na varanda e o Duda tinha visto.

– Eu também quero ver... – repetia o Mário.

– Você quer é comer bolinho, seu Rabicó de duas patas! Encher a pança com os quitutes da tia Nastácia. Pensa que eu não sei? – disse uma voz nova.

E Emília botou a cara na tela-janela.

Foi a maior sensação. Emília sempre foi a preferida de qualquer um que tenha lido (ou ouvido) as histórias do Monteiro Lobato. E agora ela estava ali bem na nossa frente! Era demais... Chegamos um pouquinho mais perto. A Pilar, encantada com a boneca, estendeu os braços para ela e chamou:

– Ai, que gracinha... Vem comigo, vem, aqui no meu colo... Eu vou te ninar, te dar mamadeirinha...

– E eu lá sou boneca de ficar no colo sendo ninada? Está me estranhando? Eu, hein? Como se eu fosse uma reles boneca de

loja? Pois fique sabendo que eu sou uma ilustre boneca de pano, feita pelas mãos pretas incomparáveis da fada Nastácia... Sou a Marquesa de Rabicó! A Condessa das Três Estrelinhas! Ninguém me agarra assim não, está pensando o quê?
— Emília, tenha modos — corrigiu Narizinho. — A menina só está querendo te agradar.
— Pois que vá agradar a avó dela! Me ninar... Mamadeira... Francamente, não faltava mais nada...
Cruzou os braços e emburrou, fazendo um bico que mais parecia o focinho do Rabicó.

Do lado de cá do vídeo, Pilar fez beicinho, cara de choro, e as lágrimas desataram a escorrer pelas bochechinhas morenas. Do lado de lá, Narizinho ficou com pena, toda carinhosa, e consolou:
— Não chora não, meu anjo... Vamos passear. Não liga para a Emília, não. Ela se zanga à toa, diz uma porção de asneiras, mas no fundo tem bom coração. Garanto que vocês duas ainda vão ficar muito amigas. Vem comigo, vem, que eu vou te mostrar uma porção de coisas lindas.

Bem nesse instante, aconteceu tudo ao mesmo tempo.

Estávamos todos olhando Narizinho estender os braços para Pilar, que se levantou e segurou a mão dela, quando ouvimos um barulhão lá fora, no portão do terreno:

CRASH! CATAPRUM!

Saímos correndo para ver o que era. Vimos. Mas quando voltamos não encontramos mais a Pilar. Nem Narizinho, nem Pedrinho, nem Emília, nem ninguém. A tela era só um chuvisco de novo e, diante dela, com um glorioso ar de triunfo, segurando um livro na mão, Duda exclamava:
— Pronto, consegui! Dei um jeito de tirar o livro enganchado lá dentro! Agora está consertado...

4 *Ladrão de bicicleta*

Tem horas que fica difícil contar uma história.
 Pois esta é uma dessas horas.
 Porque era tudo ao mesmo tempo. Então fico sem saber do que é que eu escrevo primeiro – se é do que acontecia lá fora do clubão, ou lá dentro.
 O mais importante para nós era lá dentro – o sumiço da Pilar, provavelmente engolida por aquele aparelho pirado, que o Duda acabava de "fazer o favor" de despirar. Ou seja, estávamos de contato cortado com minha irmã, onde quer que ela estivesse.
 Mas, ao mesmo tempo, o que tinha acontecido lá fora estava continuando e se misturando com a gente lá no clubão. Primeiro nos gritos:
 – Ai! Ai! (Era um menino machucado. Tinha acabado de dar uma trombada com a bicicleta na porteira que era a entrada do terreno.)

Depois, com um pedido muito assustado:
— Pelo amor de Deus, me ajudem! Tenho que me esconder. Tirar esta bicicleta daqui... Se eles me pegam, estou ferrado!

Para tirar a bicicleta, tivemos que carregar, pois do jeito que tinha ficado entortada e quebrada com o acidente, ela não rodava mais.

No meio dessa operação mecânica, passamos para o socorro médico, porque Carol reparou que o joelho e a perna do menino estavam sangrando e ele tinha um galo na testa. Deu logo as ordens:
— Temos que fazer um curativo. Vamos lá para dentro limpar esse machucado.

Assustado, o garoto só dizia:
— Não posso, tenho que me esconder... Se eles me pegam, me matam.

Voltamos depressa para a sala do clubão, carregando a bicicleta e o menino, que mancava apoiado em mim e no Tiago.

Quando entramos, vimos a figura do Duda plantado lá no meio, todo orgulhoso da besteira que acabava de fazer.

Foi assim que o que aconteceu lá fora se encontrou com o que estava lá dentro. Mas tudo muito confuso no começo:

— Cadê a Pilar? — eu logo dei falta dela.

— Sei lá... Ela não saiu com a gente? — disse a Carol.

— Quem estava tomando conta dela era você... — lembrei.

— Mas quem é irmão é você. A responsabilidade é sua.

— Depressa, o cara tem que se esconder logo, é urgente — lembrou Tiago. — Deixem a discussão para depois...

— Mas minha irmã sumiu!

— Como é que pode ter sumido? Para onde é que ela pode ter ido? Deve estar lá fora...

Com o jeito manso de sempre, a Cláudia disse o que estava na minha cabeça e na da Carol:

— Tomara que não esteja é lá dentro... No colo da menina que chamou ela e sumiu. A tal da Narizinho...

O Duda confirmou nossas piores suspeitas:

— Está sim, mas não é no colo, é passeando de mãos dadas. Por isso é que eu quis consertar. Para ver se, desligando, ela voltava para casa. E consegui!

— Conseguiu como, seu imbecil! Cadê minha irmã?

A esta altura, eu já tinha esquecido o garoto machucado e berrava como o cabrito do vizinho.

— Acho que voltou para casa. Quer que eu vá lá perguntar?

— E matar minha mãe do coração? — urrei, mais para aquele leão do cinema do que para qualquer animal doméstico.

— Eu vou — se ofereceu Helô. — Chego de mansinho, como quem vai só pedir qualquer coisa na cozinha, e vejo se ela está lá.

Tiago interrompeu:

— E o garoto da bicicleta? Vocês esqueceram dele? Gente, ele está pedindo socorro! Ameaçado de morte! Temos que fazer alguma coisa...

No meio da confusão, acabamos conseguindo ordenar um pouco aquele caos. Cláudia e Tiago iriam com o garoto – que se chamava Durval – até lá em casa. Faziam um curativo nele e davam uma espiada para ver se Pilar estava por lá, mas sem perguntar, para não assustar ninguém. Nós ficávamos ali, encarregados de esconder a bicicleta e despistar os perseguidores, que ainda não sabíamos quem eram.

Não demorou muito e ficamos sabendo. Apareceram uns seis caras a cavalo, muito mal-encarados, bigodudos e com a barba por fazer (os caras, não os cavalos), e pararam na frente da porteirinha do terreno. Nós todos, que estávamos na frente do clubão e tínhamos acabado de levar a bicicleta lá para dentro, logo nos aproximamos.

O da frente, que tinha um lado da cara repuxado numa cicatriz, perguntou, sacudindo um chicote na mão metida numa luva de couro:

— Vocês não viram um moleque ladrão de bicicleta passar por aqui?

— Um escurinho com cara de safado... – explicou o outro, que era um branquelo todo cheio de tatuagens, com cara de bandido.

Nossas carinhas de anjo confirmaram as nossas respostas. Não, ninguém tinha visto nada.

— Pois então como é que tem um rastro de pneu de bicicleta na estrada que acaba justamente nessa porteira? Vocês estão mentindo! Com seiscentos milhões de cascavéis! Vou lhes dar uma lição... – insistiu o primeiro, já se preparando para apear,

como se alguém fizesse questão de ver de perto aquela cicatriz horrorosa. – Vamos, Veneno... Vamos, Morteiro... Dê uma mão aqui, Panaca.

E fez um gesto para os companheiros. Vi que as mãos do tal Panaca eram tortas, reviradas para trás. E todos foram descendo dos cavalos.

Não consegui pensar em nada para dizer. Vi a Lu ficar vermelha e não sei o que teria acontecido se a Lorena, com seu espírito científico superprático, não tivesse saído pela porta do clubão nesse momento, empurrando uma bicicleta velha que tinha sido do Tiago e vivia encostada por lá. Ao mesmo tempo, resmungava, como se não tivesse visto a dupla mal-encarada nem o resto do bando:

– Não adianta! Não consigo mesmo! Acho que vou ter que levar para um mecânico consertar...

Paramos todos para olhar para ela, que continuava, como se estivesse falando sozinha:

– Eu sei que ela já estava velha, mas era uma bicicleta tão boa... Agora, com uma trombada dessas, não dá mais para andar...

De repente parou, com o ar mais ingênuo do mundo, e perguntou:

– Quem são esses homens?

O Sérgio ia dizer alguma coisa, espantado, mas mal chegou a abrir a boca e a mão da Carol logo a tapou, antes que alguma bobagem estragasse a história que a Lorena estava inventando.

Mas o sujeito da cicatriz já começava a responder:

– A gente trabalha na Fazenda do Retiro, que fica mais adiante nessa estrada, não sei se vocês conhecem...

– De nome... – confirmei. – Mas nunca fomos lá.

E era verdade. Já tinha ouvido meu pai comentar que era uma propriedade enorme, de um dono que morava na cidade e quase nunca vinha até ali. No Retiro, se criava gado solto no pasto, tudo quase abandonado, pelo meio do mato, entregue a uns empregados que viviam tomando cachaça e criando caso pelas redondezas. Diziam até que uma vez eles já tinham matado um homem a faca, numa briga de bar. E ainda deixavam o esterco do curral escoar direto para um riozinho que nascia no Retiro, sujando a água bem na cabeceira. Um crime, como dizia meu pai, que sempre acrescentava: "São uns bandidos!"

Pois esses bandidos estavam agora bem na nossa frente, contando a história de um menino que tinha roubado uma bicicleta deles e fugido. Um garoto que a gente estava protegendo, que agora devia estar na cozinha da minha casa, fazendo curativo na perna... Se eles descobrissem, nem sei o que podiam fazer. E será que o que eles diziam era verdade? Será que estávamos protegendo um ladrão? Eu não conseguia acreditar – e estávamos todos resolvidos a defender mesmo o Durval.

– Que coisa feia! – disse a Carol com o ar mais inocente do mundo. – Mas por aqui ele não passou, não... E, se aparecer, a gente dá uma corrida nele, onde já se viu, roubar bicicleta dos outros?

– Ah, mas na minha ele não põe a mão! – completou Lorena.

Os sujeitos acreditaram e foram saindo.

Ficamos discutindo o assunto. E se eles voltassem? E como íamos esconder o Durval mais tempo? E a bicicleta?

Mas eu também não conseguia deixar de pensar no que mais me preocupava:

– E a Pilar, gente? É a primeira coisa que a gente tem que resolver, o mais urgente...

– Pode ser que ela tenha ido para casa – foi o palpite do Sérgio, muito sem acreditar no que ele mesmo estava dizendo.

Mas o Tiago e a Cláudia logo voltaram com o Durval, de *band-aid* na perna, e esclareceram que a Pilar não estava lá. Voltamos todos para a sala do clubão, diante do aparelho de tevê, enquanto contávamos aos recém-chegados sobre a passagem dos cavaleiros por ali.

– Esses caras são uns safados, não prestam mesmo! – exclamou o Durval.

E contou a história dele. Disse que até um ano antes morava numa casinha lá no Retiro com o pai, que era posseiro e tinha sua roça por lá. O pai trabalhava para a fazenda e o filho ajudava na roça deles em todas as tarefas. Mas depois o pai morreu e o capataz resolveu que o garoto tinha que sair da casa, virar vaqueiro e passar para o barracão dos empregados junto com os outros. Durval foi – não tinha onde morar, não sabia como ia viver, a mãe já tinha sumido no mundo quando ele era pequeno, e ela e o pai tinham brigado... Mas aos poucos o garoto foi percebendo que só trabalhava em troca de casa e comida e nunca recebia nada. Resolveu ir embora, procurar uma chance melhor em outro lugar, e avisou ao capataz – o tal sujeito da cicatriz, um malvado que já tinha perdido a mão numa briga e agora usava uma luva de couro para disfarçar. Então ficou sabendo que não podia sair, que os caras diziam que ele estava devendo muito, pela comida que comia, e tinha que ficar na fazenda até pagar. Mas, como todo dia ele tinha que comer, a dívida só aumentava. Não ia conseguir pagar nunca. Resolveu fugir. Sabia que tinha um tio, irmão da mãe, que morava por aquelas bandas. Pegou uma bicicleta na fazenda e veio.

– É verdade que eu peguei uma bicicleta que não é minha – confessou Durval. – Tenho que devolver, foi só para sair de lá bem depressa. Mas eles não estão atrás da bicicleta, querem é me pegar, pra me dar uma surra.

– Eu acho que eu tenho um plano – anunciou Lorena, que mesmo quando não tinha planos inventava.

– CHEGA DE CONVERSA! – interrompi, furioso. – E A PILAR?

Acho que meus gritos foram tão altos que num instante a turma toda se tocou da urgência de fazermos alguma coisa.

– A gente tem que conseguir ver de novo o Sítio do Picapau Amarelo – lembrou Lu.

Isso exigia algumas providências. Primeiro, ligar de novo a televisão e o vídeo. Em seguida, tentar fazer novamente aquela operação atrapalhada que o Duda tinha descrito da outra vez: apertar o botão do controle remoto e mexer no *stick* do *videogame*, ao mesmo tempo que empurrávamos um livro pela abertura da fita no aparelho de vídeo.

Não dava nem para entender como o Duda antes conseguira fazer isso sozinho. Ficamos experimentando livros diferentes, nenhum era engolido. De repente, na tentativa com mais um daqueles antigos, de capa dura, da coleção do Monteiro Lobato, parecia que a coisa ia dar certo. Mas não conseguíamos que houvesse o clique final.

Bem nesse instante, ouvi uma espécie de zumbido forte e um besourão entrou na sala. Aliás, não era mesmo um besourão.

– Ai, que beija-flor tão pequenininho... É uma gracinha! – exclamou Carol.

Paramos todos para olhar. E vimos o maluco do passarinho fazer a coisa mais inesperada do mundo: confundir televisão com flor, já pensou? Devia ser muito míope e não ter olfato. Mas foi justamente o que ele fez: voou até junto do aparelho de vídeo, enfiou o bico naquele buraquinho escrito OUT, onde se pode ligar o cabo que vai para outro aparelho, e foi embora. Tudo naquela velocidade de beija-flor, que não dá nem para se distinguir direito. Como estávamos fazendo tudo ao mesmo tempo, com o controle remoto e o *stick*, bem como o Duda tinha explicado, aconteceu de novo: a tela se acendeu e vimos um pomar cheio de jabuticabeiras carregadinhas. No chão, Emília dava palpites e Rabicó esperava que as cascas e caroços caíssem – *ploft* – para abocanhar tudo – *nhoc*. Nos galhos de uma das árvores, Pilar, Narizinho e Pedrinho se deliciavam, mordendo as frutas – *tluc* – para chupar a polpa.

Ficamos todos alguns instantes extasiados, com água na boca, vendo a cena e ouvindo a eterna música da jabuticabeira: *tluc-ploft-nhoc*.

Por isso, quando de repente Pedrinho nos viu e convidou para irmos lá, ninguém hesitou.

– Vamos! – decidiu Tiago. – Como é que a gente faz para entrar?
– É só passar para o lado de cá, como quem pula janela. Querem ajuda?
E estendeu a mão.
Foi só fazer fila e num instante estávamos todos lá dentro. Até o Durval, de boca aberta, sem entender nada daquilo.
Mário logo foi tratando de escolher a árvore de galhos mais baixos e começar a subir. A levada da Pilar me viu, nem desconfiou do susto que nos dera, e começou a se gabar, no meio de um daqueles seus sorrisos:
– A gente come sem engolir o caroço, Narizinho me ensinou. Está a maior delícia, Pereba! Prova só...
O melhor era fazer isso mesmo. Enquanto subíamos nas jabuticabeiras e cada um procurava um galho jeitoso para se instalar, eu me virei para Lu (que, como eu, já estava bem no alto de uma das árvores) e comentei, já preparado para morder a segunda ou terceira jabuticaba:
– Bendito beija-flor!
Mas eu não estava preparado era para a resposta dela. Ou a pergunta, para ser mais exato:
– Você tem certeza de que era beija-flor, Pereba?
– Claro! Nós todos vimos... Voando rápido com aquele biquinho comprido.
– Só que não era beija-flor, Pereba – insistiu ela. – Eu vi bem e tenho certeza.
– Mas nós todos vimos... – repeti.
A certeza com que ela falou, então, quase me derrubou da árvore:
– Pois viram errado. Eu reparei bem. Garanto que não era passarinho. Sabe o que era? Uma fada pequenininha, de braço

esticado para a frente e varinha de condão na mão. Tenho certeza. Acho até que era a Sininho, do *Peter Pan*... Mas isso eu não posso garantir.

E engoliu uma jabuticaba inteira.

Tratei de fazer o mesmo. Só comentei:

– Pois então, bendita Sininho, que nos trouxe para cá!...

E entramos todos na música do *tluc-ploft-nhoc*.

5 *Um reforço inesperado*

Muitos *tlucs* e *plofts* depois, quando o próprio Rabicó já estava meio devagar nos *nhocs*, fomos aos poucos descendo das árvores e nos sentando pelo chão. Nem sei como ainda tinha ficado jabuticaba no pé, depois de tanta comilança. Agora só queríamos ficar à toa, sem fazer nada, conversando. O Durval recostado num tronco, Carol e Cláudia na sombra perto dele, nós todos esparramados pelo sol, deitados ou sentados no capim que ia até perto de um riozinho que descia cantando pelo meio das pedras. Lu e Narizinho (sempre de mãos dadas com a Pilar) eram as únicas de pé, ainda aguentando caminhar até a água, para lavar as mãos e os rostos.

Ouvi a Lu perguntar:
— Então este aqui é o ribeirão do Sítio?
Narizinho confirmou. Ela insistiu:
— O Reino das Águas Claras? Onde vive o Príncipe Escamado?

— Esse mesmo. Como é que você sabe?

— É claro que ela leu os livros do tal do Lobato — interrompeu Pedrinho.

— Aquele bisbilhoteiro, que não conseguia guardar um segredo, vivia contando para todo mundo tudo o que a gente faz... — disse Emília, em tom de desprezo.

— Não seja mal-agradecida, Emília! — corrigiu Narizinho.

— Se não fosse por ele, as suas asneirinhas não tinham corrido mundo e você não tinha ficado tão conhecida e adorada pelas crianças. Vai me dizer que não gosta de ser famosa...

— Melhor ser famosa que faminta, como uns e outros por aí... — esnobou a boneca, que estava emburradíssima porque tinha ficado de lado enquanto os outros se empanturravam de jabuticaba. — Francamente, vocês estavam parecendo uns esfomeados no alto daquela árvore. Acho que até o Rabicó ficou prestando atenção, para ter umas aulas extras de como se atirar em cima de comida...

— Ninguém sente fome porque quer, Dona Emília...

Viramos todos, para ver quem tinha falado, ainda mais nesse tom tão respeitoso, com a boneca. Mas ela já estava perguntando:

— E posso saber quem é o senhor, que se dirige à Marquesa de Rabicó com tanta intimidade?

— Meu nome é Durval, senhora marquesa.

Na mesma hora, Lu cochichou alguma coisa no ouvido da boneca, que cochichou de volta, ouviu mais um pouco, abriu um sorriso e fez uma ligeira reverência, dizendo:

— Pois seja muito bem-vindo ao Sítio, senhor.... han... Durval.

Aqui acho melhor explicar logo o que a Lu tinha cochichado e só nos contou depois. Foi mais ou menos o seguinte:

— Ele é um nobre disfarçado, que está sendo perseguido pelos inimigos e foi obrigado a se refugiar conosco. Acho que o nome dele mesmo é Duval, como aquele personagem do Alexandre Dumas Filho.

— Ele é o conde? — sussurrou Emília, que ainda não tinha lido nada de nenhum dos dois Alexandre Dumas, nem pai nem filho, mas sempre ouvia Dona Benta falar nos *Três Mosqueteiros*, no *Máscara de Ferro*, no *Conde de Monte Cristo*, na *Dama das Camélias* e nas outras histórias deles.

— Não — explicou Lu, achando que não podia exagerar na dose... — Mas o Duval, de certo modo, é um primo dele...

Foi por isso que a boneca resolveu mudar de tom. Foi se sentar perto do Durval e pediu:

— Desculpe, eu não falei por mal. É que, como eu sou de pano, não sinto fome e não entendo dessas coisas. Às vezes esqueço como isso é importante para as pessoas. Não quis ofender ninguém. Ainda mais alguém com ar de quem tem passado tantas dificuldades ultimamente, como você... Podemos nos tratar por você, não? Afinal, somos todos amigos...

Durval sorriu, meio sem jeito:

– Claro... mas eu nem consigo acreditar, não estou acostumado a ter amigos.

Tiago aproveitou o comentário e disse:

– Aliás, Pedrinho, era bom se vocês pudessem nos fazer um favor. Estamos precisando de ajuda. Tem uns bandidos atrás do Durval e ele precisa se esconder num lugar seguro, enquanto os sujeitos estão por perto.

– Ele pode ficar aqui no Sítio conosco.

– Mas será que é mesmo seguro? – perguntou Duda. – E se os caras voltarem para a sala do clubão e olharem pela tela? Podem ver a gente aqui...

– Não tem perigo – disse a Lu. – Duvido que bandido leia. E quem não lê não consegue ver nada do que acontece por aqui. Este mundo simplesmente não existe para quem não é leitor.

– De onde você tirou essa ideia?

– Da cabeça, ué! – Emília respondeu antes dela. – Você já viu alguém tirar ideia do dedão, como se fosse bicho-do-pé? Só o Visconde, quando a gente recheou ele com aquelas páginas de livros, é que tinha ideia na barriga, mas é o único caso que conheço...

Lu ignorou o comentário e foi desenvolvendo seu raciocínio:

– Pense bem. Nós estamos numa outra dimensão, num outro mundo, disso a gente não tem dúvida, não é?

– É... essas jabuticabas são mesmo do outro mundo... – riu Tiago.

– Pois bem, é um mundo diferente, mas inteiramente real para nós. Porque nós lemos as histórias do Monteiro Lobato, vimos na televisão o programa com as histórias, quer dizer, conhecemos tudo o que está aqui dentro.

Amigos secretos | 57

— Eu não conheço – disse Durval, sem entender muito.
— Mas você veio conosco. A gente sempre pode trazer um amigo para esse mundo e aí ele fica conhecendo – prosseguiu Lu. – Mas o que eu estou querendo dizer é que, quando a gente lê muito, as coisas que existem nos livros passam a existir de verdade. Mas só para nós, que lemos. Então os bandidos, que não leem, não vão ver.
— Não sei, não... – duvidei. – Acho essa explicação meio capenga.
— Garanto que é assim – disse Lu. – Mas deve haver umas condições especiais.
— Quais? – quis saber Carol.
— Não tenho certeza, vamos ter que ir descobrindo. Mas acho que a primeira deve ser que a gente entra no livro e acredita que tudo aquilo é verdade, mas ao mesmo tempo sabe que não é real.

— Como assim? — insisti. — Esse negócio não está me convencendo muito.

Lu teve um gesto meio impaciente:

— Sei lá, Pereba! Estou só pensando em voz alta... Mas acho que faz sentido. Veja bem, os livros, os filmes, as novelas e o que eles contam fazem parte do mundo real, mas não conseguem ficar no lugar do mundo real. Certo, Pereba?

— Certo.

— Quer dizer, a gente entra no mundo deles enquanto está lendo ou assistindo, e depois sai. Certo, Pereba?

— Certo.

— Mas acontece que depois que a gente lê um livro, ou vê um filme, se ele for bom, é ele que não sai mais da gente, certo? Pode sempre voltar a cada hora, ser lembrado, dar palpite... Certo, Pereba?

— Certo — confirmei mais uma vez, mas achando aqueles comentários da Lu meio esquisitos.

— Pois então — concluiu Lu — o livro fica vivendo no mundo real. E a gente pode acreditar nele. Só não sei é se essas jabuticabas maravilhosas matam a fome de verdade. Ou se, na hora que a barriga roncar, a gente vai querer comida mesmo. Porque a daqui deve ser toda igual à do Peter Pan, vocês lembram? Só faz de conta...

Ah, para que ela foi falar nisso? Acho que o fã-clube do Peter Pan era enorme ali no Sítio.

— Vocês também são amigos do Peter Pan? — quis saber Pedrinho.

— Já viram a fada Sininho? — perguntou Narizinho.

— O faz de conta dele é igual ao meu... — gabou-se Emília.

Era difícil responder tudo ao mesmo tempo. Mas a Lu estava toda animada com raciocínios e explicações e continuou o falatório:

— Claro! Também lemos o livro dele, vimos o desenho animado, o filme... Por isso, a gente sabe que o faz de conta dele é igual ao seu, Emília... O Monteiro Lobato também tinha lido o *Peter Pan*, e aproveitou umas coisinhas ótimas do livro para botar no Sítio. Como essa, de usar o faz de conta para resolver as coisas.

— Quem inventou o faz de conta fui eu, o Monteiro Lobato só contou... — insistiu Emília.

Lu ignorou o comentário e deu outro exemplo:

— O pó de pirlimpimpim, que vocês usam no Sítio quando precisam ir a lugares bem longe para uma aventura, também veio da Terra do Nunca, a terra do Peter Pan.

— Essa não! — protestou Emília. — Todo mundo sabe que foi o Visconde de Sabugosa quem inventou o pirlimpimpim...

— Claro — concordou a Lu. — Aqui por estas bandas, foi ele quem descobriu como se fabricava e usava o pirlimpimpim. Mas, muito antes, ele já existia e ajudou Wendy, João e Miguel a voarem com Peter Pan até a Terra do Nunca.

— Então o pirlimpimpim é o pó das fadas? — espantou-se Narizinho.

— Isso mesmo — confirmou uma voz, do meio dos galhos da jabuticabeira. — Para ser mais exato, a poeirinha de estrelas das asas de Sininho, a fada que fala com a música de um sino, pirlimpimpim...

Todos nos espantamos com aquela voz inesperada. Olhamos para a árvore e não vimos ninguém, só uma pena flutuando no vento.

— Quem está aí? — perguntou Pedrinho, já ajeitando o bodoque.

Em vez de uma resposta de menino, ouvimos o canto de um galo — cocoricó! E logo adivinhamos:

— Peninha! — exclamou Narizinho.

— Peter Pan! — reconheceu Pedrinho, que já sabia que Peninha era só o disfarce de Peter Pan, quando vinha ao Sítio e queria ficar invisível.

Mas dessa vez ele não ficou invisível muito tempo. Talvez porque estivesse cansado de fazer mistério para o pessoal do Sítio. Talvez porque a gente estivesse ali e ele quisesse se mostrar, afinal sempre foi mesmo muito prosa. Ou talvez porque estivesse furioso. Mas o fato é que a pena deu um pulo do alto da árvore e parou no ar, numa altura assim... de um palmo acima do meu ombro. Depois, embaixo dela, foi aparecendo uma imagem de um menino, transparente como um arco-íris quando a gente consegue ver os morros e árvores coloridos do outro lado dele. E, finalmente, foi ficando cada vez menos transparente, e apareceu inteiro. Era Peter Pan, vestindo uma túnica tecida de esqueletos de folhas secas, calças justas de musgo verdinho, parecendo veludo, e com uma pena no chapéu.

Foi uma festa. Todos nós, em volta dele, falávamos ao mesmo tempo. Mas ele não queria saber de muita conversa. Foi logo perguntando, com um ar ao mesmo tempo zangado e animado:

— Onde é que eles estão?

— Eles quem? — perguntou Pedrinho.

— Os piratas, claro! Não se façam de bobos. Sininho me disse que viu vocês conversando com eles.

— Nós? — repetiu Pedrinho, com ar espantado.

Um beija-flor esvoaçou em volta da cabeça de Peter, fazendo *pimpimpimpirlimpimpim*. Desta vez deu para notar que a Lu tinha razão: era Sininho. A fada falou qualquer coisa no ouvido dele, que corrigiu:

— Vocês, não. Eles.

E apontou para nós.

Foi um espanto. Eu já ia negar, quando, de repente, ocorreu uma ideia ao Tiago e ele perguntou:

— Esperem aí... Tem um pirata todo cheio de tatuagem?

— Bill Juckes...

— E outro com as mãos tortas?

— O Panaca... — confirmou Peter.

— E mais outro chamado Morteiro? E um tal de Veneno? — lembrou a Cláudia.

— E outro com uma cicatriz na cara? — perguntei.

— Isso mesmo. O da cicatriz é o Capitão Gancho, que ficou com a marca dos dentes do crocodilo na bochecha, depois que pulou do navio naquela última luta comigo...

— Claro! — lembrou a Lorena. — Estava escondendo o gancho naquela luva de couro grosso... Só pode ser...

— Mas eles não morreram? — perguntou Carol.

— Morreram, claro. Mas só naquela aventura, agora já é outra brincadeira — explicou Peter, animadíssimo.

— E como é que vieram parar em Cedrinho? Um lugar que nem mar tem... — duvidou Lorena.

— Não tem rio? — perguntou Peter.

— Tem.

— Pois então... É só sair do mar rio acima e dá para chegar em qualquer lugar.

— É tudo uma água só — confirmou Narizinho, lembrando de como fora pelo ribeirão até o Reino das Águas Claras, no fundo do mar.

— Só muda o tempero... — disse Emília. — Como toda água é mesmo molhada, cada um escolhe o molho que quiser, para se molhar. Eu acho que vou pedir uma pimentinha à tia Nastácia e experimentar uma coisa assim... mais picante.

Ninguém prestou muita atenção à asneirinha, porque estávamos todos explicando a Peter Pan, Narizinho e Pedrinho a encrenca em que estávamos metidos, o perigo que o Durval corria e todas essas coisas. Peter queria agir rapidamente, nos organizar num bando de Meninos Achados (já que os Meninos Perdidos, que viviam com ele na Terra do Nunca, tinham voltado para Londres com a Wendy), e partirmos imediatamente para o ataque. Pedrinho achou que devíamos estudar melhor a situação, deixar as crianças pequenas em local protegido e fazer um plano para apanhar os bandidos utilizando a esperteza. Narizinho, horrorizada com as provações por que o Durval tinha passado, propôs que o acudíssemos primeiro:

— Isso é um absurdo, uma crueldade! Na verdade, ele estava trabalhando como escravo! Ele devia ficar uns dias aqui para vovó e tia Nastácia cuidarem bem dele... Elas adoram hóspedes. Ainda hoje mesmo, devem vir uns amigos da vovó, para um almocinho de domingo daqueles caprichados... Acho que é o Coronel Teodorico com a família.

Começamos a discutir a situação, no meio de um monte de palpites para tudo quanto era lado.

De repente, ouvimos um barulho de lataria que até parecia trombada de carro, bem atrás de uma moita de pitangueiras junto ao ribeirão. Depois, distinguimos claramente um xingamento abafado, como se alguém tivesse tropeçado. E vimos os galhos se mexerem. Alguém nos espiava e ouvia nossa conversa!

6 *Vantagens e vaidades*

Num instante, avançamos em direção ao mato, para agarrarmos o intruso. Mas não foi preciso. Antes que qualquer um conseguisse chegar lá para ver o que era, apareceu do meio dos galhos um menino com uma cara levada e simpática, sorrindo para nós. Usava camisa xadrez e calça cinzenta, arregaçada quase até o joelho, presa por uns suspensórios do mesmo pano. Da boca, saía um talo de capim que ele brincava de mastigar de um lado para outro, como se fosse um chiclete. Por baixo do chapéu de palha todo esfiapado, dava para ver o cabelo alourado, meio ruivo. E a cara, muito mais sardenta que a da Lu. Foi logo dando palpite:

— Antes de mais nada, temos que proteger o fugitivo... A gente faz uma balsa e desce com ele rio abaixo, viajando de noite e se escondendo de dia... Não vai ser a primeira vez que eu ajudo um escravo a ganhar a liberdade. Podem deixar comigo, que eu tenho a maior prática.

— Escravo? Rio abaixo? Numa balsa? Que conversa é essa? Você é maluco, é? – perguntou Tiago, com um ar meio espantado, olhando para Durval, para o ribeirão que cantava nas pedras pretas e para o ruivinho do chapéu de palha.

— Vocês não estavam falando de um escravo fugido? Pois então... A gente desce com ele por aí numa balsa e ninguém pega. Não tem lugar melhor que uma balsa pra gente morar. Tudo quanto é casa fica meio abafada, de vez em quando, ou atulhada de gente... Balsa, não. É tudo aberto, livre, confortável...

Eu não acreditava no que estava ouvindo! Desconfiei de quem ele podia ser... Não, não era possível. Devia ser um sonho... Mas um sonho bem tagarela, porque o garoto continuava falando, meio sonhador:

— É a melhor coisa do mundo, já fiz isso uma vez. Às vezes a gente se metia em encrenca, tinha que sair correndo. E sempre tinha que se esconder. Mas muitas vezes o rio era todo da gente,

por um tempão... Lá longe, as margens, as ilhas, do outro lado da água. De vez em quando, uma luz de noite, que podia ser uma vela na cabine de um barco que passava... E até uma ou outra música, uma rabeca tocando, uma canção... A maior delícia. O céu lá em cima, todo cheio de estrelas, a gente gostava de ficar deitado de costas, só olhando, e discutindo se alguém tinha feito elas ou se elas só aconteceram, de repente, como eu achava. Mas o Jim garantia que não, que elas foram feitas. Sei lá, eu acho que ia demorar muito pra alguém fazer aquilo tudinho, mas aí ele falou que a lua podia ter botado elas, que nem ovo, e como eu já vi sapa botar tanto ovinho que não acabava mais, e o Jim explicou que quando caía uma estrela era porque ela estava se portando mal e a mãe-lua expulsava ela do ninho, eu até achei que podia ser, e então, uma noite, quando passou um navio grande, de barriga cheia, arrotando uma porção de fagulhas pela chaminé...

Nunca soubemos o que aconteceu porque, justamente nesse momento, apareceu outro menino, vindo da mesma moita de pitangueira de onde o primeiro tinha surgido. Também era alourado, mas tinha umas roupas mais novas, de loja, com um ar de filme antigo: chapéu de feltro mole com a aba abaixada, um paletó cinza abotoado meio apertado, com jeito de que já estava ficando pequeno nele, e o mesmo tipo de calça arregaçada que o outro menino usava. E também descalço. Antes que a gente perguntasse qualquer coisa, ele pediu informações:

— Por favor, podem me dizer se aqui é o sítio do Coronel Teodorico?

— Ih, não, fica a umas boas léguas daqui... Você está meio perdido — esclareceu Narizinho.

— Mas o sujeito que me deu carona disse que era aqui... — insistiu ele.

— Pois estava enganado.

Com um ar contrariado, o recém-chegado reclamou:

— E agora ele já foi embora! Vou ter que ir sozinho... Podem me explicar onde é? Eu não conheço nada por aqui. Vim da capital, passar as férias com o coronel, que é meu tio. Minha mãe disse que ele ia estar me esperando na estação, mas antes disso eu tive que me jogar pela porta do vagão e rolar pela riban-

ceira, porque apareceram uns ladrões muito mal-encarados para roubar o trem, e foi um horror!

— O trem foi assaltado? Aqui perto do Sítio, antes de chegar na vila?

— Um assalto horroroso, vocês nem imaginam. Um bando medonho... Tinha um chefe com uma luva de couro e uma cicatriz na cara, assim como se fosse marca de dentada de monstro...

— O Capitão Gancho! – exclamou Peter Pan.

— E mais um outro todo tatuado, e um cara com as mãos tortas...

— O resto dos piratas... – disse Pedrinho.

— E tinha também mais um terrível...

Foi a vez de o menino ser interrompido. Pela Emília, que chegou por trás, abraçou as pernas dele na altura do joelho e gritou:

— É tudo mentira, Pedrinho! Agarrem ele e o outro pivete, que eu aposto que bandidos são eles! Seus caras de coruja, pensam que me enganam? Eu já tinha visto vocês escondidos ali há um tempão...

Foi um deus nos acuda. Num instante tínhamos cercado e derrubado a dupla. Imobilizados no chão, os dois moleques nos olhavam com umas caras ressabiadas. Triunfante, Emília continuava:

— Eu vi tudo! Enquanto vocês estavam na jabuticabeira se empanturrando, esses dois aí vieram chegando pela beira do rio, viram a gente e resolveram se esconder no meio da pitangueira. Nem ligaram pra mim, devem ter achado que eu era uma boneca comum... Eu achei que eles estavam só assuntando o terreno e já iam se mostrar, então não falei nada. Mas o tempo todo eu sabia que eles estavam escondidos, ouvindo toda a nossa conversa... e agora vêm com esse papo de heróis, de carona, de assalto a trem, de salvar escravo, sei lá mais o quê... Pra cima de mim, não, tubarão! Deve ser tudo olheiro de pirata!

Nunca vi dois meninos mais sem graça. Desmascarados por uma boneca de pano! O do paletó ainda tentou engatar uma outra história:

— Bom, na verdade, a bonequinha tem razão, nós estávamos mesmo ali escondidos. Mas é que quando chegamos, de canoa, pelo rio, vimos este lugar simpático e resolvemos parar. Acontece que logo em seguida encontramos dois sujeitos esquisitíssimos a cavalo (aliás, só um, o outro na verdade estava montado num burro), achamos melhor nos desviar um pouco. Mas eles devem ter vindo atrás da gente, e de repente fizeram um barulhão bem nas nossas costas. O meu amigo aqui se assustou e saiu da moita, foi logo contando uma porção de coisas. Eu achei melhor interromper antes que ele falasse demais e dissesse o que não devia.

– Falar demais como, Tom? – perguntou o outro. – Você não vê que eles são como a gente? Dá pra ser amigo...

– Você não vai aprender nunca, mesmo... – continuou o que ele chamara de Tom. – Não é assim que se faz. É preciso ter classe, estilo... Todo livro ensina isso. Uma verdadeira aventura tem que ter mistérios, dificuldades, surpresas. Essa sua mania de chegar e ir logo resolvendo, francamente, é muito sem graça...

Acho que nem precisava, mas esse comentário confirmou minhas suspeitas. Meu coração batia forte, disparado, e eu mal consegui falar com eles. Afinal, todo mundo adorava o pessoal do Sítio do Picapau Amarelo... E todo mundo e mais o pessoal do Sítio era fã do Peter Pan. Mas os meus maiores ídolos eram aqueles dois que estavam ali, agora eu tinha certeza. Já tinha lido e relido montes de vezes as aventuras deles. Sonhado em sair com eles rio abaixo ou por dentro de cavernas, fugir de casa pulando janelas do segundo andar e escorregando pelo tronco de uma árvore, para enfrentar bandidos e me meter em cemitérios à meia-noite, tanta coisa... E agora ali estavam, à minha frente... Não podia ser verdade... Minha emoção era imensa, mas criei coragem e falei:

– E o Jim? Cadê ele? Podem trazer para cá, é um lugar seguro, ele não precisa ficar se escondendo...

– Que Jim? Do que é que você está falando? – perguntou Tom.

O resto do pessoal também me olhou espantado, sem entender nada. Só a Lu, de repente, iluminou a cara num sorriso (ah, eu adoro aquela menina!), virou-se para o menino do chapéu de palha e reforçou o que eu dizia:

— Claro! O Jim, o escravo fugido que você ajudou a salvar... Ele precisa conhecer tia Nastácia... Pode ficar aqui com ela, Dona Benta e o Durval, enquanto a gente vai atrás dos bandidos...

Ficou tão animada que bateu palmas de contentamento, exclamando:

— Viva! Ai, meu Deus, com todos estes amigos secretos, vamos ser invencíveis... Pedrinho, Narizinho, Emília, Peter Pan... E agora Tom Sawyer e Huckleberry Finn, o Huck... Ninguém ganha de nós...

As caras que Tom e Huck fizeram, se entreolhando, provaram que nosso palpite estava certo. Eram eles mesmos!

— Como é que vocês nos conhecem? — estranhou Tom.

— Devem ter lido os livros do tal Mark Twain, claro — deduziu Huck, que sabia muito bem quem contara suas aventuras.

— Isso mesmo — confirmei. — Li tudo, uma porção de vezes. Acho que foram os melhores livros que eu li na minha vida. Mas nunca podia imaginar que um dia eu ia ter a alegria de conhecer vocês de verdade...

— É... ele é bom — concordou Huck, meio condescendente. — Se vocês leram o que o senhor Twain escreveu, então sabem direitinho. Quase tudo o que ele disse era verdade. Quer dizer, teve umas coisas que ele exagerou um pouco, mas quase tudo foi mesmo do jeito que ele escreveu. Não faz mal exagerar, todo mundo exagera um pouquinho de vez em quando. Não conheço ninguém que nunca mentiu... Então, se o pessoal leu os livros dele, conhece mesmo a gente.

A Lu, o Tiago, a Carol e eu tínhamos lido. Pedrinho e Narizinho também, porque não aguentaram esperar Dona Benta cumprir a promessa de contar e foram se adiantando por conta própria. Mas os outros não conheciam.

Amigos secretos

Tom ficou meio chateado de ter sido desmascarado. Mas, ao mesmo tempo, dava para ver que estava orgulhosíssimo de ser conhecido em lugares e tempos tão diferentes lá do seu Mississípi no século XIX. Ficava querendo conferir tudo:

— Quer dizer que vocês me conhecem mesmo? Do mesmo jeito que eu conheço os espadachins e outros heróis de livros? E os assaltantes de diligências? E os galeões espanhóis? E os árabes correndo no deserto? E os grandes detetives? Mas então eu virei um herói desses? Agora eu ando no meio dessa gente toda?

Talvez com uma pontinha de ciúme, Peter Pan resolveu interromper:

— A gente vai ficar o tempo todo jogando conversa fora ou vamos sair atrás dos piratas?

— Quem é esse aí? – quis saber Tom.

— Você leu tanta coisa e não conhece o maravilhoso Peter Pan? – espantou-se Narizinho.

— Como é que podia conhecer? – esclareceu Pedrinho. – As aventuras de Peter só foram escritas muito depois das de Tom e Huck...

— Ele é que tinha que me conhecer... – gabou-se Tom.

— Não sei por quê. A Wendy nos contou um monte de histórias e nunca falou nas suas. Na certa, achou que iam ser muito sem graça, comparadas com a nossa vida de tantas emoções, voando pelo céu com as fadas, enfrentando feras selvagens, lutando com índios, desafiando a morte diante de piratas, nadando com as sereias...

— De verdade? Tudo junto? – entusiasmou-se Huck. – Como é que pode?

— Ué! E nós não estamos aqui todos juntos? – respondeu Narizinho, com outra pergunta. – Mas acho que a Wendy não contou porque não sabia. Ela era uma menina inglesa e a história de Tom Sawyer e Huck era americana...

– É... só pode ser por isso... os ingleses andavam com muita raiva da gente, porque nós ficamos independentes deles, ganhamos uma guerra contra eles... – vangloriou-se Tom. – Mas não é vantagem, porque nós somos mesmo os maiores, os melhores, os mais...

– Vamos parar de contar vantagem! Ninguém aguenta mais tanta vaidade! Parece uma doença... – cortou Emília. – Tia Nastácia sempre diz que elogio em boca própria é vitupério...

– O que é isso? – perguntou Tom.

– Vá olhar no dicionário, seu sabido... Um livrão grossão, também conhecido como "pai dos burros"... Arre, que gente mais ignorante...

– Emília! Tenha modos! – repreendeu Narizinho. – Acho que essa doença de vaidade pega...

A boneca emburrou e se afastou um pouco. Não gostava de levar bronca, ainda mais em público, mas preferiu fingir que não estava ligando. Disfarçou, saiu andando como quem estava passeando, caminhou pela beira do ribeirão, depois contornou a moita de pitangueiras e sumiu da vista do grupo.

Enquanto isso, ficamos todos discutindo o que fazer. Tom era partidário de planos mirabolantes, cheios de cartas anônimas desafiando os piratas para duelos à meia-noite. Huck topava qualquer parada. Peter Pan preferia cair sobre o bando de surpresa, depois de segui-los, andando de costas.

– Para nossos rastros não traírem a gente... – explicava.

Pedrinho, Tiago, Duda e eu logo vimos que tínhamos que planejar as coisas de modo menos sonhador. Os piratas podiam vir da Terra do Nunca, mas em Cedrinho eles estavam no mundo de verdade e era preciso estar atento, porque o perigo era real.

A primeira providência, portanto, era escolhermos o terreno do combate. Ou seja, irmos ao encontro dos bandidos enquanto eles não nos esperavam. Antes que desconfiassem e viessem atrás de nós, nos apanhando de surpresa.

Quer dizer: resolvemos ir todos para Cedrinho, atrás do bando.

– Menos as meninas, naturalmente – anunciou Tom, todo protetor.

– E pode se saber por quê? – protestou a Lu.

– Porque pode ser perigoso, e nós vamos ficar preocupados com vocês, vamos acabar nos atrapalhando. Sempre que os cavaleiros vão enfrentar monstros ou dragões, as donzelas em perigo ficam trancadas nas torres, nos castelos ou são recolhidas a mosteiros. Para sua própria proteção.

– Ai, que romântico! – suspirou Cláudia.

– Romântico coisa nenhuma! – estrilou Narizinho. – Que coisa mais antiga, isso sim... Aqui no Sítio, nunca teve disso. Emília e eu acompanhamos Pedrinho em tudo quanto foi aventura. E ainda nos metemos em algumas sem ele... Vai ver, você está é com medo de que a gente prenda mais piratas que vocês. Hoje em dia não tem mais esse negócio de mulher ficar trancada em casa, não. Acabou. Como acabou a escravidão.

– É... a gente faz tudo junto e é muito mais divertido – confirmou a Carol. – Vocês não querem experimentar?

Tom e Huck se olharam meio sem graça. Bom, se era assim... quem sabe?

– E essa tal de Wendy, também saía com você e seu bando? – quis saber Huck, voltando-se para Peter Pan.

– Bom, Wendy veio para a Terra do Nunca para ser nossa mãezinha, contar histórias, ninar a gente, cerzir meias, essas coisas. Então, às vezes ela ia conosco nas aventuras, mas outras vezes ficava só cuidando da casa – explicou ele. – Mas, quando eu não estava e foi preciso enfrentar os piratas, ela foi a mais valente de todos.

– Quer dizer que você também acha que menina pode ser corajosa?

– Claro! Lá na Terra do Nunca tinha uma princesa pele-vermelha que não tinha medo de nada, só não queria era se afogar porque índio que morre na água não pode depois passar a eternidade caçando nas planícies sem fim.

– Então, tudo bem! – concordou Tom. – Vamos todos.

– Vamos logo, que essa conversa fiada está nos fazendo perder tempo... – atalhou Pedrinho.

Carol e Cláudia resolveram ficar com os pequenos. Disseram que era para tomar conta deles e cuidar do Durval, mas eu logo desconfiei que era para ficar com a Emília. E também deduzi que aqueles cochichos todos do Mário no ouvido da Carol era pedido para irem conhecer tia Nastácia e os famosos bolinhos... Ele não deixava passar uma boa chance de ser guloso. Mas, para falar a verdade, achei até bom que a Pilar ficasse por ali, longe do perigo.

Fizemos uma porção de recomendações e nos despedimos da turma que ficava. Agora, sim, estávamos prontos!

– Como é que a gente vai para o outro lado? – perguntei.

– É mesmo... Temos que descobrir um jeito de sair daqui – disse Lu.

– Para virmos, o aparelho de vídeo com um livro dentro funcionou como uma espécie de nave para outra dimensão – disse Lorena. – Mas agora ele sumiu. Como é que podemos anular a força que nos trouxe para cá?

– Bom – disse Tiago –, talvez, se a gente conseguir algo que sirva de controle remoto e puder acoplar com alguma outra coisa...

Enquanto tentávamos ter uma ideia, de repente percebi que só nós, de Cedrinho, estávamos preocupados. Os outros nos rodeavam e nos olhavam como se fôssemos uns seres esquisitos, uns marcianos falando alguma coisa que eles nem desconfiavam o que fosse. De repente, Pedrinho interrompeu Tiago e perguntou:

— Então, como é? Vamos logo?

— Como? — falamos juntos.

E eles também responderam quase juntos:

— Faz de conta...

— Pirlimpimpim...

— Sininho!

Nem sei como foi. Só sei que num instante apareceu uma espécie de janela suspensa e transparente voando e girando no espaço, como esses efeitos de computador que a gente vê na televisão. Parou bem na nossa frente, deitada, uma espécie de piscina de vazio. Peter Pan mergulhou nela, Pedrinho foi atrás e nós nem hesitamos. Um por um, fomos pulando. Tudo escurecia, rodava e um *fiummm!!!* zumbia nos ouvidos. Quando abrimos os olhos de novo, estávamos na saleta do clubão, bem em frente da tela do vídeo.

7 Justiceiros vingadores

— O que é isso aí? — quis saber Peter Pan, apontando para a tela, por onde se via o Sítio de onde acabáramos de vir. — Um quadro?
— Você não vê que está aceso? É uma lâmpada, claro... — respondeu Tom.
— Uma espécie de cinema em casa... — falou Lorena, mas os dois ficaram na mesma, porque não sabiam o que era cinema.
Huck, de boca aberta, não disse nada.
Tiago explicou como pôde:
— É um aparelho de televisão, com vídeo acoplado. Serve para a gente ver imagens de coisas que estão acontecendo ou já aconteceram em outros lugares.
— Ah, sim... — localizou Tom. — Uma espécie de bola de cristal das cartomantes. Um dia apareceu um circo lá na vila com uma cigana que via tudo numa bola dessas. A minha tia disse que era bobagem e nem quis me dar dinheiro para ir, mas eu

troquei um anzol e uma bola de gude por um ingresso com um amigo e fui lá olhar. Ver mesmo, eu não vi nada, porque o tempo estava muito ruim nesse dia lá dentro da bola, tinha um nevoeiro danado, não dava para se enxergar coisa nenhuma. Mas a cigana estava mais acostumada, viu até que eu tinha fumado escondido e que ia levar uma surra – e levei mesmo!

Tiago e eu nos entreolhamos. Achamos melhor deixar de lado e não perdermos tempo com maiores explicações – embora Lorena já estivesse se preparando para dar uma aula completa sobre sinais, ondas, antenas, satélites, fitas. Dava para ter certeza, pelo jeito que ela suspirou fundo e foi abrindo a boca. Ainda bem que a Lu também percebeu e disse:

– É... é mais ou menos isso. Depois a gente explica melhor, para não nos atrasarmos agora. Vamos?

Fomos.

Saímos do clubão e fomos andando pela estradinha de barro, seguindo os rastros daquela porção de cavalos que continuavam depois do nosso portão. Na verdade, não tínhamos plano algum, mas estávamos muito decididos e, na hora, era só improvisar. Nada iria nos deter. Éramos um bando de justiceiros vingadores, determinados a castigar os maus-tratos infligidos a um pobre menino explorado e mantido como escravo. Peter Pan e Pedrinho iam na frente, de peito inflado e olhar atento, vigiando cada moita. Tom marchava em seguida com Huck e, pelos fiapos de conversa que nos chegavam, dava para perceber por onde andavam seus pensamentos:

– ... e nossos nomes vão correr mundo, fazer as pessoas tremerem... e quando voltarmos para a vila, cavalgando empertigados, cobertos de glória e cansados da guerra, eles todos vão ficar de boca aberta e olhos arregalados... as pessoas vão se arrepender de terem nos tratado como crianças... e os meninos no colégio vão morrer de inveja... e no domingo, na igreja, o pastor vai...

Tiago começou a assoviar uma música do Chico Buarque enquanto andava e eu logo acompanhei. Lu cantarolou a letra:

– "Agora eu era o herói
E o meu cavalo só falava inglês..."

Narizinho prestou atenção e, na segunda vez, já cantava junto, ao lado da Lorena, da Helô e do Duda:

– "Eu enfrentava os batalhões,
os alemães e seus canhões,
guardava o meu bodoque
e ensaiava o *rock*
para as matinês..."

Na primeira pausa, ela se virou para o Duda e perguntou o que era *rock*. Logo para o Duda, que só queria saber de música sertaneja! Devia ter perguntado ao Tiago, que não é metaleiro, mas passa o dia todo ligado em *rock, rap, funk, reggae*, deve estar sempre com uma bateria tocando dentro da cabeça porque se sacode e marca o ritmo o tempo todo.

— Bom, é um tipo de música moderna muito ritmada, que... — Tiago começou a explicar antes que o Duda conseguisse abrir a boca.

Mas na mesma hora um barulhão depois da curva e um gesto de Pedrinho para que calássemos fizeram que todos nos aproximássemos em silêncio.

— O que foi? — sussurrei.

Eu estava distraído com a música e a conversa, só ouvira o barulho.

— Não sei, Pereba. Primeiro, tínhamos notado uma nuvem de poeira depois da curva. Depois, ouvimos um barulho esquisito — explicou Pedrinho.

— Acho que foi uma freada — disse Lorena.

— E agora essas vozes todas... — continuou ele.

Prestamos atenção. Vozes grossas, de homens discutindo. Parecia que tinha um estrangeiro, com sotaque forte.

— Vamos todos, para ver o que é — decidiu Peter Pan.

Gostei de ver a reação rápida do Duda.

— Não. Eu vou sozinho. Eu sou daqui, todo mundo nas redondezas me conhece. E, se forem estranhos, eu não estou vestido de nenhum jeito diferente, como vocês. Não chamo a atenção de ninguém.

Era o mais sensato. Mas ficamos todos bem perto, junto da curva. Num instante, ele voltou e disse:

— Tudo bem. Foi um acidente com o caminhãozinho do seu Lopes da queijaria, mas não foi grave. O barulho agora é por causa de uma brigalhada. Parece que um sujeito foi atropelado, não entendi muito bem. Mas o cara está vestido de um jeito ainda mais esquisito que o Peter Pan... seu Lopes disse que acha que deve ter algum lugar aí perto com uma festa de São Pedro meio atrasada – e deve ser festa à fantasia. Vamos lá ajudar...

Ao virarmos a curva, nossa visão foi tomada pelos fundos do caminhãozinho do seu Lopes. Mas era difícil distinguir, debaixo de tanto capim cortado. Ele sempre faz isso: sai de manhã pelas estradas das redondezas cortando o capim-colonião alto que cresce pelas beiradas, comprido como cana, e enche a carroceria do caminhão. Como ele tem pouco pasto para o gado que cria, sempre leva essa folharada para picar na capineira e reforçar a ração das vacas. Todo mundo em Cedrinho está acostumado a ouvir o *tuc-tuc-tuc* do motor velho do caminhãozinho e ver aquela montanha de folhas verdes avançando pela estrada, sobrando pelos lados, quase arrastando no chão. Mal dá para perceber o vidro da boleia pelo meio. E ele, dirigindo lá de dentro, não deve ver nada bem o que vem pela estrada. É de espantar que não haja mais acidentes. Só mesmo porque as estradas de Cedrinho são que nem escola em férias – só surge alguém de vez em quando.

Fomos até o lado do caminhãozinho, de porta escancarada, e vimos três homens no meio da estrada: seu Lopes, o Samuca (ajudante dele, que é primo do Duda) e um sujeito esquisito mas simpático, que nunca tínhamos visto antes. Baixinho, gordote, atarracado, de botas, com uma barriga enorme, colete comprido com um cinto por cima, um chapéu de couro de abas largas pendurado nas costas por um fio que o prendia ao pescoço. Os três discutiam, cada qual mais nervoso que o outro:

– Só quero ver quem vai pagar meu prejuízo! – gritava seu Lopes.

— Pois Vossa Mercê investe contra meu amo e ainda vem cobrar prejuízo? — resmungava o gordo.

— Mas se foi ele que acelerou em minha direção! — respondia seu Lopes.

— Investe? Investe? Vossa Mercê? Amo? Esses caras são pirados! — berrava o primo do Duda.

Mesmo tendo visto um burrico e um pangaré magrelo pastando na beira da estrada, só quando ele falou assim no plural é que eu reparei que eram mesmo dois. Além do gordão que discutia, havia um outro que devia estar caído no chão, na frente do caminhão. De onde a gente estava, não dava para ver, mas dava para ouvir gemidos de cortar o coração, entremeados com uns xingamentos muito esquisitos:

— Aaaaai! Aaaai! Pérfido Freston! Uuuui! Infame!

Mas nesse momento Huck se afastou do grupo e correu até a frente do veículo. Olhou bem para o chão, virou-se para Tom, que ainda estava conosco, mais atrás, e confirmou:

— São eles mesmos, Tom.

— Eles mesmos? — repetiu Peter Pan. — Os piratas? Onde?

— Impossível. Se fossem eles, já estariam em volta da gente, com seus cavalos — deduziu Lorena.

— Que pirata coisa nenhuma... — explicou Huck. — São os dois sujeitos que encontramos atrás da moita lá no Sítio logo antes de vocês nos descobrirem.

— O cavaleiro esquisito e o gorducho do burrico... Os tais que fizeram o barulhão da lataria quando um caiu do cavalo — completou Tom.

Narizinho, que se adiantara e fora examinar com Pedrinho a fonte dos gemidos e xingamentos, gritou de longe a identificação final:

— Mas é Dom Quixote!

— Dom Quixote e Sancho Pança? Como é que eu não reconheci? — estranhou Tom Sawyer. — Eu adoro as aventuras deles...

Claro! Devíamos logo ter desconfiado que o tal colete comprido do outro era um gibão — ou seja, o gorducho do burrico era Sancho Pança. Mas em Cedrinho? Como teriam vindo parar ali?

De qualquer modo, o urgente era acudir o cavaleiro, de lança quebrada e elmo trincado, estirado no chão diante do caminhãozinho do seu Lopes, gemendo e reclamando:

— Viste, meu caro Sancho? Mais uma vez o infame bruxo Freston me rouba a glória no momento justo da vitória, transformando o terrível dragão nesta máquina dos diabos! Aaai! Justamente quando eu acertava o monstro com um golpe de minha lança... Uuui!

— Eu bem que tentei avisar, senhor meu amo, mas Vossa Senhoria não me deu ouvidos, ficou a insistir que se tratava de um dragão.

O cavaleiro continuava a insistir:

– Pois não viste os dois olhos de fogo da fera, pelo meio da fumaça fétida que a besta punha pelas ventas e inundava todo o vale? Não ouviste seu ronco aterrador? Não viste suas asas verdes que pendiam de cada lado enquanto o monstro tentava alçar voo? Não viste suas patas nojentas e negras deslizando pelo solo? Não distinguiste as duas vítimas recém-engolidas mas ainda inteiras que portava em seu bucho transparente? Se eu não o atacasse imediatamente, poderia dilacerá-las em segundos... Ai, amigo Sancho, às vezes creio que tu te esqueces de que fiz voto de defender os inocentes e combater mortalmente todo aquele que cause agravos e injustiças...

– Ah, senhor... – suspirou o pobre escudeiro. – Mais uma vez não consegui que Vossa Senhoria me ouvisse. De nada adiantou lhe repetir que não havia dragão algum, era só a neblina em torno de uma estranha carroça carregada de capim comprido, com duas lanternas acesas na frente...

– Carroça?! – ofendeu-se seu Lopes. – E, depois de tudo, esse desgraçado ainda tem a coragem de chamar meu caminhão de carroça?

– Ah, Sancho, novamente foi aquele maldito encantador Freston! Mais uma vez trocou tudo, com seus infames estratagemas. Transformou o monstro nesse estranho veículo e lançou contra mim as pobres vítimas que eu iria salvar...

– Eu bem que avisei, mas meu amo não deixa de teimar... E desta vez nem posso cuidar de seus ferimentos, pois o unguento ficou de penhor lá naquela estalagem, dentro do alforje...

No meio desse diálogo, entremeado de "aaais!" e de "maldito Freston!", fomos deduzindo os elementos que permitiam reconstituir o encontro. Ou desencontro. Pobre cavaleiro!

Assim, por mais que estivéssemos com pressa de ir atrás dos piratas, em nossa tremenda aventura, não podíamos deixar que seu Lopes levasse o cavaleiro preso até o delegado, como queria. Nem que o largasse ferido à beira da estrada, como preferia o Samuca.

Tivemos que fazer uma pausa para negociações. Alguns de nós ficaram com Pedrinho e Narizinho (que já conheciam o fidalgo de várias visitas ao Sítio) junto ao cavaleiro e a Sancho, vendo como poderíamos socorrê-lo. Tiago, Duda e eu tentamos convencer seu Lopes a colaborar, não apenas desistindo de prender a dupla, mas também concordando em dar uma carona ao cavaleiro no alto da pilha de capim, para que ele pudesse ser medicado.

Depois de muita conversa, o queijeiro acabou aceitando a ideia, com a condição de que seus prejuízos fossem pagos. Mas quem tinha dinheiro? Ele queria grana de verdade, não servia de mentirinha.

Aí veio o que, para mim, foi a maior surpresa de um dia tão cheio de surpresas. A Helô, logo ela, sempre meio desligada e às vezes muito sonolenta, parece que acordou de repente e disse:

– Não se preocupem. Eu pago.

Todos olhamos para ela.

– Você paga? Como?

Ela puxou um dinheiro do bolso da calça e mostrou. Não era só um trocadinho, era um envelope com dinheiro mesmo, graúdo. Ninguém entendeu nada. Helô vivia tentando economizar para comprar uma bicicleta sem nunca conseguir. Dois dias antes, estava dizendo que achava que ainda ia demorar uns três anos... E agora estava ali, rica daquele jeito... Mas na hora só disse:

– A bicicleta pode esperar. Esta aventura está muito melhor que ela e não quero perder por nada. Tomem.

Só no dia seguinte, quando tudo se acabou e ficamos rememorando todas as peripécias daquele dia inesquecível, foi que a Helô teve tempo para nos contar como arrumara a grana. Mas, já que estamos falando no assunto, e quem conta agora sou eu, faço uma pausa na aventura e explico logo. Só não consigo contar direito é o olhar de admiração do Tiago para a Helô enquanto ela entregava o dinheiro a ele, para acertar com seu Lopes, dizendo:

– Acho bom deixar uma parte separada para alguma emergência e para pagar a farmácia. Na certa esses curativos vão dar muito trabalho.

E deram mesmo. Mas isso vai ficar para outro capítulo. Porque agora conto como surgiu o dinheiro salvador.

Eu já disse que a Helô é maníaca por cuidar dos dentes e que a mãe dela é dentista. Pois bem, acontece que a Helô estava trocando os dentes – como aconteceu com todos nós, quando tínhamos a idade dela, e como ia acontecer com a Pilar e os pequenos, um dia. Já tinham caído os dentes da frente, tinham nascido outros, já tinha sido a vez dos caninos, enfim, ela já estava com aquela boca meio banguela e cheia de dentes grandões e meio tortos, como a gente sempre fica nessa época. E, na véspera, tinha tirado um pré-molar. Para cada dente, se repetia a mesma cerimônia do ratinho do dente: ela guardava debaixo do travesseiro de noite e, no dia seguinte, no lugar do dente, havia uma moedinha. Como muita gente faz, também. E é claro que a Helô sabia que quem deixava o dinheiro não era ratinho nenhum nem fada – eram os pais dela. Mas, dessa vez, resolveu tentar uma grande jogada. E deixou debaixo do travesseiro um envelope que, além do dente, tinha a seguinte carta:

"Prezado Senhor Rato,

Este não é um dentinho qualquer. Como o senhor mesmo poderá constatar, trata-se de um pré-molar em perfeito estado, com o esmalte muito branco e brilhante, vindo de uma boca muito bem cuidada que nunca teve nem uma cariezinha. Sempre foi bem tratado, escovado após as refeições, limpo com fio dental e bochechado com flúor. Merece muito mais do que uma simples moedinha. E como estou há meses economizando para comprar uma bicicleta, sem muito sucesso, achei que valia a pena trazer este fato à sua consideração e lembrar que sou uma raridade dental e tenho merecimentos.

Certa de poder contar com sua compreensão,
    Atenciosamente,
    Helô".

Valeu. Era uma carta tão bem escrita e com uma argumentação tão boa que derreteu o coração e o bolso dos pais. E, graças a ela, a Helô conseguiu:

1. a bicicleta (mas isso só depois, como vou contar);
2. o fim da discussão na estrada;
3. uma carona para Dom Quixote;
4. o olhar maravilhado do Tiago;
5. a amizade eterna da Emília;
6. a salvação do Durval.

Como se vê, não foi pouca coisa.

Mas eu também consegui uma coisa, e tão importante, que acabou sendo a explicação de por que de repente me enrolei tanto para contar esta história quando chego a este ponto. É que, como eu já disse, o Tiago olhou maravilhado para a Helô. Ficou tão empolgado que deu um abraço nela, dizendo:

– Você é demais!

Nesse momento, a Lu chegou bem perto de mim e disse, no meu ouvido:

– Ai, que bom! Agora eu não vou precisar mais disfarçar...

– Disfarçar o quê? – perguntei.

– Ora, fazer o que nós duas combinamos. Ficar dando olhares e sorrisos para o Tiago, para ele pensar que eu gosto dele e não desconfiar que quem gosta é a Helô.

Meu coração bateu forte. Não dá para entender direito as meninas. Mas algo eu entendi desse comentário, algo que me encheu de esperança, como se toda a neblina do dia se levantasse de repente. Só repeti:

– Mas então você não gosta dele?

Lu me olhou bem de perto, dentro dos olhos, com um brilho que parecia de estrela, e respondeu:

— Claro que não, Antônio Carlos! Será que você não desconfia de quem eu gosto? Ah, meu Deus, como é que menino pode ser tão bobo?

E então eu desconfiei. Reparei que ela estava me chamando de Antônio Carlos. Que estava com um sorrisinho maroto. Que o cabelo dela era tão perfumado, parecia flor. Que o calorzinho gostoso que vinha dela atravessava o espaço e me fazia pegar fogo. Consegui dizer:

— Eu ia ficar muito feliz se você gostasse de mim...
— Por quê? — ela fez charme.

Criei coragem:

— Porque eu me amarro em você.

A resposta dela fez meu coração explodir:

— Pois então pode ir começando a ficar feliz.

Sabe dia de Ano-Novo? Aquela porção de fogos de artifício que fica subindo a toda e se derramando pelo céu? Pois era isso mesmo, só que dentro de mim. Um mundo inteiro de brilhos, estrelas e explosões.

8 *De linguiça a espadachins*

No mundo lá fora, as coisas continuavam acontecendo e eu vou ter que contar, porque senão perco meu cargo de porta-voz oficial da turma.

Começo resumindo o que se passava ali pela estrada. Dom Quixote foi carregado por nós todos para cima do caminhão, gemendo, e já sem as partes da armadura que dava para tirar com mais facilidade. Pedrinho e Narizinho, que tinham conversado um pouco com ele e Sancho, contaram que o fidalgo viera no encalço dos piratas, para garantir que Durval nunca mais seria maltratado. Porque nem sabíamos, mas Dom Quixote de la Mancha, o cavaleiro da triste figura, já estava em nossa aventura havia algum tempo. Era ele (e não o Coronel Teodorico) quem ia almoçar com Dona

Benta naquele dia. Fora ele quem tinha chegado por trás da moita quando estávamos na jabuticabeira, ouvira nossa conversa, mas levara um trambolhão e caíra do cavalo (Huck e Tom disseram a verdade quando falaram nos dois cavaleiros esquisitos e no barulhão). Emília o viu quando foi lá enquanto comíamos. Foi por isso que a boneca sumiu de repente, fingindo ir dar um passeio: como era louca por Dom Quixote e estava emburrada com Narizinho, resolveu ter uma aventura com o cavaleiro só para ela, sem dividir com nenhum de nós. Mas depois se arrependeu de não ajudar o Durval, estava doida para enfrentar os piratas e dar uma lição neles. Então contou tudo a Dom Quixote e resolveram vir para Cedrinho.

Acabaram chegando antes de nós, enquanto conversávamos. E, como não sabiam onde achar os bandidos, resolveram se separar para procurar. Justamente quando esperava pela boneca debaixo da árvore onde tinham combinado se encontrar, Dom Quixote confundira com um dragão o caminhãozinho de seu Lopes.

Mas, quando estávamos finalmente conseguindo levantar o cavaleiro para levá-lo até o monte de capim, Emília surgiu de detrás da curva, descendo a estrada. Logo correu para perto de nós e foi dizendo:

– Os piratas estão bem ali adiante, tomando cachaça numa venda.

Foi uma correria. Peter Pan, Tom e Huck queriam deixar Dom Quixote para trás e sair correndo ao encontro dos bandidos. Chegaram a sugerir que as meninas ficassem com ele e nós seguíssemos adiante. A boneca disse que tinha um plano (a Lorena também já estava dizendo a mesma coisa) e quis saber de tudo o que tinha acontecido, tintim por tintim. Também nos contou sua vinda com Dom Quixote e Sancho. Foi preciso uma nova discussão, que só se resolveu com os argumentos do Duda e da Emília.

O Duda disse:
— Eu volto com o ferido, o gorducho, seu Lopes e o Samuca no caminhão. Deixo todos no sítio do seu Lopes, monto num cavalo e vou correndo chamar um médico ou o farmacêutico. Conheço todo mundo, sei dos atalhos, dá para chegar em qualquer lugar num instante.

Emília foi definitiva:
— Os homens estão armados e podem ser perigosos. A melhor maneira da gente pegar o bando de surpresa é chegar de mansinho, disfarçando bem. O melhor é algumas meninas irem na frente se fazendo de crianças bobas e distraírem os piratas enquanto os outros chegam pelos fundos, pelo meio do mato, e atacam quando dermos um sinal.

— E seu plano, Lorena? — quis saber Pedrinho.
— Muito parecido, quase igual.
— Então está bem — concordou ele, que ia chefiando as operações. — E qual vai ser o sinal?
— Quando eu disser "cara de coruja"... — combinou Emília.
— "Cara de coruja"? — estranhou Tom Sawyer. — Nunca vi um sinal desses. Sinal secreto é sempre diferente, está em todos os livros de aventura, é assim que funciona. Você tem que miar como um gato no telhado — era sempre o sinal do Huck comigo. Ou então piar como um pássaro no meio das árvores, ou uivar como um coiote. É assim que os índios fazem. Ou então assoviar uma canção, como quem está bem distraído. Ou sacudir uma bandeira, um guardanapo, um lenço... Mas "cara de coruja"? Francamente, é uma coisa tão esquisita que você não vai nem conseguir encaixar um termo desses na conversa, para disfarçar.

— Você não conhece a Emília... — riu Narizinho.

— Vou sim, seu sabichão, pode deixar — garantiu a boneca. — O que não me falta é ideia, para fazer tudo o que eu quiser. E pode ficar sabendo de uma coisa: eu também gosto muito de aventuras de livros, todas elas, as suas, as do Peter Pan, as do Dom Quixote, e todas essas que você adora. Mas na hora de viver a minha aventura eu não fico copiando ninguém, como uns e outros por aí, eu mesma vou inventando e fazendo do meu jeito. E ia ser a coisa mais ridícula do mundo eu estar numa venda pedindo guaraná ou mariola e de repente começar a miar ou uivar como um coiote. Entendeu, seu cara de coruja?

Foi uma gargalhada geral. Tom amarrou a cara, mas Pedrinho logo consertou as coisas:

— Não liga para ela, não, Tom. Emília é assim mesmo, se zanga à toa, fala um monte de asneiras. Mas é muito esperta e corajosa, pode contar com ela.

Que jeito? Tom Sawyer concordou. Concordamos todos, aliás. E num instante nosso grupo se dividia. Duda seguia no caminhão para o sítio de seu Lopes, enquanto Emília, Lu e Helô (que a interesseira da boneca fez questão de escolher, porque tinha como pagar a conta do guaraná) caminhavam pela estrada até a venda a menos de um quilômetro dali, e nós todos entrávamos no mato à beira do caminho para chegarmos lá pelos fundos.

— Mas aqui no mato a gente pode fazer algum sinal de bicho, não pode? — perguntou Huck.

— Pode — concordou Pedrinho.

E numa sucessão de pios, miados, uivos e cocoricós, de vez em quando respondidos pela trinca na estrada, fomos indo devagar por entre as árvores, a caminho de nosso confronto com os piratas.

Em pouco tempo, chegamos aos fundos da venda. Armados de bodoques, pedras e pedaços de pau, ficamos escondidos, esperando o sinal da Emília. Tão pertinho que dava para ouvir tudo.

Elas entraram, encostaram no balcão, pediram um guaraná e três copos. Os bandidos ficaram olhando, e um deles, que logo reconheceu Lu e Helô, cochichou qualquer coisa no ouvido do Capitão Gancho. O bandidão se levantou de onde estava com sua quadrilha, junto a uma mesa no canto, cheia de garrafas vazias de cerveja e um litro de pinga quase no final. Chegou perto das meninas e veio perguntar se, afinal, o tal menino da bicicleta tinha aparecido por lá. Elas negaram, ele resmungou:

— Com seiscentos milhões de trovoadas, estou muito preocupado com ele! — inventou o mentiroso. — Hoje em dia qualquer lugar pode ser perigoso... E um menino solto por aí pode ser atacado por bandidos.

— Mas ele não estava com a bicicleta roubada? Então ele foge... — respondeu Helô, enquanto Lu se levantava como quem ia olhar

umas balas no canto do balcão e jogava pela janela dos fundos (onde nós estávamos) o revólver que Gancho tinha deixado num cinturão, nas costas de uma cadeira.

– Mas justamente por causa da bicicleta ele pode ter tido um acidente, ter caído de algum barranco... – acrescentou o Panaca, entrando na conversa. – Um pobre menino indefeso, a toda velocidade numa bicicleta... Não é possível que ninguém por aqui tenha visto esse moleque passar.

A essa altura, ele já olhava em volta e se dirigia a todos os lavradores e vaqueiros que aproveitavam o domingo para se reunir na venda, conversar, tomar uma pinga, jogar dominó ou sinuca.

Ninguém devia ter visto mesmo (nem podia, porque Durval não passara por ali), porque o silêncio foi total. Emília aproveitou para pedir ao dono da venda um pedacinho de linguiça e se virou para o Morteiro, que estava numa mesa ao lado, com um facão junto ao copo:

– Pode me emprestar sua faca um instantinho, para eu cortar esta linguiça?

Antes que ele conseguisse abrir a boca, ela já estava com o facão na mão, fingindo que ia usar e interrompendo toda hora para ir falando. Ao mesmo tempo, com uma conversa parecida, Helô convencia o Panaca a se abaixar para amarrar o cordão do tênis e, com ele distraído, tirava de leve uma faquinha que estava numa bainha de couro, na cintura dele. Emília falava e falava:

– Se eu fosse vocês, não demorava muito aqui procurando ele, não. Ainda há pouco a gente passou por um caminhão parado na estrada, trocando um pneu furado. Tinha um menino conversando com o motorista. Quem sabe se não era ele?

Os bandidos se entreolharam, ela fingiu que ia cortar a linguiça, parou novamente e continuou falando, de facão na mão:

Amigos secretos | 99

— E se ele pegar uma carona? Num instante está longe daqui... Aí vocês nunca mais encontram.

— Com seiscentos milhões de bananeiras! Vamos logo até esse caminhão... – disse o Capitão Gancho.

Morteiro estendeu a mão para recuperar a faca.

Emília deu um cortezinho na linguiça, ofereceu o pedaço a Helô, que provou, estalou a língua e propôs:

— Uma delícia! Ofereça aos moços, Emília, como uma bonequinha bem-educada...

A boneca ficou usando o facão e botando fatias de linguiça na mão estendida do Morteiro, enquanto Helô e Lu passavam um pratinho cheio de rodelas de linguiça pelos outros piratas. Nos fundos da venda, encostados na janela, ouvindo tudo, nós já estávamos ficando impacientes. Emília falava o tempo todo:

— Mas, se vocês saírem daqui assim em bando e tentarem parar o caminhão, ele pode não parar. Pode dar meia-volta e ir embora, pode passar por cima de vocês... E aí, babau. Nunca mais vocês encontram o moleque fujão!

— Com seiscentos milhões de chouriços! Isso não pode acontecer! — resmungou Gancho.

Indeciso, o capitão pirata não sabia se saía correndo, se continuava ouvindo aquela conversa, se agarrava o facão, se ficava comendo linguiça. A boneca continuava, agora se dirigindo ao dono da venda:

— Moço, não está vendo que esse pessoal está comendo uma linguiça tão picante e salgada e os copos estão vazios? Abre aí mais uma cervejinha para eles...

Enquanto o bando se servia, ela continuava:
— Se esse moleque é mesmo tão esperto como vocês dizem, o melhor jeito para agarrar ele pode ser também a esperteza. Eu tenho um plano ótimo.

Para disfarçar, acrescentou:
— Se vocês nos deixarem dar uma volta nos seus cavalos depois, eu digo qual é.

Os bandidos se entreolharam. Mas por muito pouco tempo, porque o Capitão Gancho estava apressado e, embora não tivesse a menor intenção de emprestar o cavalo dele para ninguém ficar dando volta, logo concordou:
— Tudo bem. Mas ande logo, bonequinha, e solte a língua de uma vez, antes que o desgraçado do motorista do maldito caminhão acabe de trocar o pneu e vá embora. Porque se isso acontecer, com seiscentos milhões de raios e furacões, garanto que alguém vai pagar caro!

Emília não se perturbou com ameaças meteorológicas tão numerosas e continuou:
— Pois é o seguinte: esses motoristas são muito desconfiados, não param assim para qualquer um. Principalmente se o moleque estiver lá com ele e disser para seguir em frente. Mas ninguém vai se recusar a parar para duas meninas com uma boneca. Então a gente fica lá fora e faz sinal para o motorista. Ele freia para nós, e vocês aparecem...

Bem como Emília esperava, o Capitão Gancho não aceitou a ideia:
— Pensei que seu plano fosse melhor. Assim não vai ter nenhum passeio a cavalo depois. Porque, como você mesma disse, esses motoristas são muito desconfiados. E vão logo imaginar que, se duas meninas estão sozinhas numa estrada com uma bo-

neca, deve ter algum adulto por perto, alguém escondido esperando o caminhão parar...

Era isso mesmo o que ela queria ouvir. Porque respondeu:

— Puxa, que homem tão inteligente!

O bandido ficou todo prosa, e estufou o peito, feito pavão quando abre a roda. Emília continuou com seu plano, como se só nesse momento estivesse tendo uma nova ideia:

— Então nós podemos disfarçar e fazer de conta que fomos atacadas e estamos pedindo socorro. E vocês ficam deitados no chão, com uns pedaços de corda em volta dos pés e das mãos, para fingir que estão amarrados. Aí eu aposto que o caminhão para.

Gancho coçou a cabeça:

— É... pode ser...

Num instante, as meninas já tinham pedido pedaços de corda ao dono da venda e iam todos saindo. Veneno ainda disse:

— Esperem aí. Depois de tanta cerveja eu tenho que ir ao banheiro.

— Numa hora destas? Com seiscentos milhões de privadas! Você nos encontra lá fora — ordenou o capitão.

Mas, assim que o pirata entrou no banheiro lá nos fundos, nós o trancamos, com um ferrolho que ficava por fora. Em seguida, ficamos a postos, preparados para o chamado da Emília, que não podia demorar mais.

E não demorou.

Quando os bandidos se deitaram na estrada e elas começaram a passar as cordas em volta das mãos e pés deles, mesmo com toda a cerveja, eles foram desconfiando do que estava acontecendo:

— Ei, está me apertando! — gritou Panaca.

— Capitão, ela está me amarrando de verdade! — denunciou Barrica.

Na confusão que se seguiu, todo mundo falava ao mesmo tempo:
— Me larga!
— Cadê minha faca?
— E meu revólver?
— Já vou me soltar e vocês vão ver...
— Veneno! Veneno! Venha logo! Caímos numa cilada!
E as três berravam:
— Cara de coruja! Cara de coruja! Cara de coruja!
Mas a essa altura, mesmo sem nenhum sinal, nós já estávamos entrando na dança. Os bandidos não tinham chegado a ser bem amarrados e iam se soltando como podiam, debaixo dos golpes de um bando todo misturado, que eles não conseguiam entender de onde saíra nem de quem era formado. E lá de dentro vinha o dono da venda:
— Como é? Vão saindo assim sem pagar?
E mais os outros fregueses, que, quando viram aquele bando de marmanjos armados atracados com crianças, nem hesitaram e vieram nos ajudar.
Foi uma pancadaria de fazer gosto. Pena que Dom Quixote não estava ali conosco, para poder ter o gostinho de ajudar a dar uma grande surra num bando daqueles e descontar um pouco das sovas que vivia levando pelo mundo afora.
Barrica quis fugir, mas levou uma bodocada de Pedrinho, tão inesperada que até hoje ele não entendeu o que era nem de onde veio.
Tom, de pé em cima do barranco, com a pistola de Gancho na mão, fazia pontaria em Bill Jukes, que avançava com um punhal para Lorena. Mirou e ameaçou:
— Ei, você aí! Pare imediatamente onde está! Jogue esse punhal no chão!

O jeito foi obedecer. E logo em seguida Pedrinho já estava amarrando mãos e pés do bandido.

Peter Pan gritava:

— Deixem Gancho para mim!

Era justamente o que o capitão queria, respondendo:

— Esse maldito menino é meu!

Num instante, com duas espadas surgidas não sei de onde (a Lu garante que foi Sininho quem trouxe e largou na estrada junto deles), os dois estavam frente a frente. Olharam-se em silêncio durante algum tempo, e Gancho exclamou:

— Moleque prosa e insolente! Desta vez você não me escapa! Prepare-se para ser destruído!

— Prepare-se você, malvado! — respondeu Peter.

Num instante, os dois se batiam ferozmente. Fomos todos parando para assistir, à medida que os outros do bando iam sendo imobilizados e amarrados, todos bêbados e gemendo. Ficamos assistindo à luta, como num filme, as espadas se batendo, *plect-plect-plect*, volta e meia um dos dois parecia que era encurralado, mas pulava ou se abaixava, e o combate prosseguia mais adiante. De vez em quando, os dois paravam ofegantes, trocavam algumas frases, e continuavam. Eram dois espadachins maravilhosos. E, mesmo com toda a ferocidade da luta, dava para perceber que um respeitava o outro como adversário. De repente, Gancho tropeçou e caiu. Peter fez igualzinho àqueles filmes de capa e espada: encostou a ponta da arma na garganta dele, mas disse uma coisa que eu nunca ouvi num filme:

— Pede penico!

Em vez de pedir, Gancho perguntou:

— Afinal, quem é você, menino endemoniado?

Peter deu a primeira resposta que lhe passou pela cabeça:

– Eu sou a juventude, a alegria, sou um passarinho que acaba de sair do ovo!
– E eu sou a Independência ou Morte! – completou Emília batendo palmas, toda entusiasmada.

Mas a luta já continuava, porque Peter não quis liquidar um adversário caído e lhe deu nova chance, se afastando e deixando que ele pegasse novamente a espada. Outra vez os dois se movimentavam naquele balé da morte. Já sem a luva, girando a espada na outra mão, Gancho se movia com uma rapidez que assoviava no ar, lutando como um polvo humano, um moinho de vinte braços, um liquidificador disposto a fazer suco de menino. Em volta dele, com uma agilidade que só existe no País das Maravilhas e na Terra do Nunca, Peter Pan flutuava de um lado para o outro, em movimentos que a vista mal conseguia acompanhar, como um beija-flor, como se o próprio vento que as espadas criavam fizesse um colchão de ar para protegê-lo do perigo. Sempre conseguia se desviar de Gancho. Mas, de vez em quando, dava um golpe para a frente e acertava o pirata.

Nessa movimentação, foram se aproximando do rio. Mais de uma vez, já parecera que um dos dois ia escorregar e cair lá dentro.

De repente, o ouvido atento de Emília percebeu novo perigo:
– Cuidado! Esses bandidos deixaram uma bomba-relógio em algum lugar! Ouçam!

Na curta pausa que se seguiu, prestamos atenção e ouvimos todos, cada vez mais forte: tique-taque, tique-taque, tique-taque.

Levamos alguns segundos para identificar de onde vinha o barulho. Mas Gancho não precisou desse tempo: imediatamente reconhecera o som do despertador na barriga do crocodilo que vinha se arrastando pela lama da margem, saindo da água em sua direção. Nem em Cedrinho conseguia ficar livre da fera, que já

comera sua mão e agora vinha buscar o resto... A vingança contra Peter Pan podia esperar.

E, com uma elegância surpreendente para quem estava tão apavorado, o Capitão Gancho deu um belo salto do alto do barranco e se jogou pelo meio das pedras, nas águas cantantes do rio de Cedrinho. Aproveitou a correnteza para se deixar levar, nadando com uma velocidade inacreditável. Num instante, desapareceu numa curva do rio, deixando o crocodilo com cara de um reles jacaré, meio atarantado, olhando feito bobo de um lado para outro, com ar de quem pergunta:

— Cadê o meu lanche que estava aqui?

Nunca mais vimos o tal lanche. Mas nem por isso ele saiu de nossa história.

9 *Outros perigos*

Resolvemos deixar as facas e facões com o dono da venda, em pagamento da conta dos bandidos e daquela linguiçada toda. Em troca, ele ainda nos emprestou uma carroça para levarmos os piratas para a delegacia. Saímos pela estrada tão animados com a vitória, conversando tão empolgados, que esquecemos completamente que ainda havia perigo: Veneno ficara para trás. E nem imaginávamos que ele derrubara a porta do banheiro a murros e pontapés, assistira ao final da pancadaria e à fuga do Capitão Gancho, e agora ia nos seguindo por dentro do mato, à espera do melhor momento para atacar e libertar os companheiros.

Só que esse momento não chegava.

Nós éramos muitos e ele estava bêbado, não confiava nas próprias pernas. Preferiu continuar escondido, pela beirada da estrada, acompanhando e ouvindo nossa conversa. Assim, ouviu quando o Tiago disse:

— Como será que está o ferido lá no sítio do seu Lopes?

Eu lembrei que a entrada para o sítio ficava na beira da estrada, depois da paineira grande, bem mais abaixo. Podíamos parar na porteira e esperar que alguns de nós fossem lá perguntar.

Como não sabia da existência de Dom Quixote, o bandido deve ter achado que se tratava do Durval, o moleque que eles procuravam havia tanto tempo. E resolveu ir conferir.

Isso tudo deve ter acontecido quando passamos por perto do cercado onde o Vantuil da venda costuma deixar uns animais pastando. Porque o Veneno rapidamente roubou um cavalo para chegar ao sítio do seu Lopes antes da gente. Nós bem que vimos um sujeito saindo a galope lá adiante pela estrada, mas não deu para reconhecer e nem estávamos mais lembrando do bandido.

Pior ainda: na certa, mais adiante, Veneno encontrou Gancho saindo de dentro do rio. Eu sei que eu devia contar isso melhor, mas nenhum de nós viu; só posso deduzir o que deve ter acontecido. Porque a única coisa que a gente sabe, com certeza, é que quando chegamos ao sítio do seu Lopes os dois bandidos já tinham passado por lá.

No meio do terreiro, em frente à casa, estava Dom Quixote de camisolão, brandindo uma espada e esbravejando:

— Volte, covarde! Venha bater-se como um valente! Sancho, sele Rocinante imediatamente! Preciso partir ao encalço do monstro — ou do que resta dele...

A seu lado, Duda e Samuca tentavam segurá-lo, enquanto o escudeiro argumentava:

— Mas, meu amo, não havia monstro algum... Era só um homem a cavalo, com outro na garupa...

— Isso depois que o infame Freston os encantou... — insistia o cavaleiro. — Porque quando o castelo estava a ponto de ser atacado, todos vimos bem que era um monstro de quatro patas e três cabeças. Com três mãos e um gancho... A babar por todos os poros... E, aos berros, repetindo ameaças de lançar seu veneno... Tenho que persegui-lo, imediatamente, antes que ganhe muita dianteira!

Nem precisávamos de explicações para entendermos que em algum ponto do seu percurso Gancho saíra do rio, encharcado, pingando, e montara a cavalo com Veneno.

Mas o escudeiro continuava conversando com seu amo, tentando convencê-lo a entrar...

— Vossa Senhoria devia primeiro voltar para a cama, para se recobrar bem de todos esses ferimentos e machucaduras antes de poder prosseguir viagem.

— Mas, se eu já estou quase recuperado, meu fiel Sancho... Ou te esqueces do maravilhoso efeito dos bálsamos miraculosos que nos trouxe aqui o nosso amigo?

Pelo visto, nosso Duda já tinha ido à farmácia e voltado. E agora, enquanto aos poucos ele ia com Samuca levando o velho fidalgo para descansar lá dentro, nós cercamos seu Lopes para saber o que acontecera.

Ele contou que estavam todos dentro de casa quando se ouviu o tropel de um cavalo que se aproximava a galope. Chegando até a porta, seu Lopes começou a falar com os recém-chegados, que lhe perguntavam sobre um ladrão de bicicletas, chamado Durval. Estava justamente explicando que não sabia de ninguém com esse nome, que o único Durval que havia conhecido já sumira no mundo havia muitos anos, quando, de repente, Dom Quixote saiu de camisola e espada lá de dentro da casa, o abalroou e começou a gritar. Ao mesmo tempo, seu Lopes reconheceu o cavalo do Vantuil, montado assim em pelo, e estranhou. Perguntou aos dois como tinham arranjado aquela montaria.

Assustada, a dupla de cavaleiros jogou o animal por cima do queijeiro, derrubou-o e fugiu a galope. E Dom Quixote continuou de camisola na frente da casa, bradando coisas incompreensíveis.

– É inteiramente doido, esse homem! – exclamou seu Lopes, ao terminar seu relato. – Então onde já se viu? Tratar visitas dessa forma...

Lu me olhou daquele jeito que me derrete, e disse:

– Acho bom a gente explicar para ele, Antônio Carlos!

E o Antônio Carlos aqui, antigo Pereba, começou:

– É, seu Lopes, ele pode ser doido sim. Mas neste caso bem que soube sentir que havia perigo. Porque esses dois não eram visitas, mas sim dois bandidos terríveis, os únicos que sobraram de um bando que agora está preso e bem amarradinho em cima de uma carroça ali na estrada, bem em frente à sua porteira...

– Que história é essa?

Contei. Contamos todos, cada um explicando alguma coisa. Menos Emília e Tom Sawyer, tão fascinados com Dom Quixote, que entraram atrás dele para conversar mais. Ainda ouvi o papo dos dois, enquanto subiam a escadinha da varanda.

– ... é só mania que esse pessoal tem, de achar que querer consertar o mundo e acabar com a injustiça é loucura. Malucos são eles. Dom Quixote é que está certo... – dizia a boneca.

– Se ele é maluco, eu também sou – respondeu Tom. – Porque eu sou igualzinho a ele. Sempre acreditei nas aventuras dos livros, sempre saí por aí fazendo igualzinho a elas...

Nesse ponto, a boneca se virou para trás e chamou Helô, de quem não se separava mais. E os três sumiram lá dentro da casa, em busca do cavaleiro, já carregado de volta ao quarto pelo escudeiro, ajudado por Duda e Samuca.

Lá fora, nós contávamos a seu Lopes a história de Durval, a chegada do bando a cavalo, nosso encontro com eles na venda... Só não explicamos nada sobre os outros, nossos amigos secretos. E nem dissemos onde o coitado do Durval estava. Mas de toda a história parecia que só houve uma coisa que impressionou mesmo o seu Lopes da queijaria. E ele ficava repetindo:

– Do Retiro? Vocês têm certeza que foi no Retiro? Lá mesmo no Retiro?

Quando confirmamos, ele ficou um tempo em silêncio, coçando a cabeça e repetindo baixinho:

– Mas no Retiro? Esse tempo todo? Então é ele, só pode ser...

Fez uma cara toda feliz e gritou lá para dentro, chamando a mulher:

– Glorinha! Venha cá, correndo!

Ela veio tão depressa que quase derrubou a bandeja de café que trazia para nós:

– Já estou chegando, homem, que pressa! Eu sabia que você ia pedir um café para as visitas, mas não dava tempo de fazer mais depressa...

– Não é isso, Glorinha! É muito mais importante! É o Durval!

– O que é que tem o Durval?

– Achamos o Durval, Glorinha! Ele estava vivo esse tempo todo, e bem aqui perto, no Retiro! Alguém nos enganou...

– Mas cadê ele?

– Isso mesmo, cadê ele?

Taí uma coisa que a gente não podia dizer. Como podíamos explicar para aquela gente que a essa altura o Durval estava com a Pilar, a Cláudia, a Carol, o Mário e o Sérgio lá no Sítio do

Picapau Amarelo? Ouvindo histórias de Dona Benta, conversando com o Visconde, comendo bolinhos de tia Nastácia...

— Está num lugar muito protegido, mas não podemos dizer — expliquei. — Enquanto esses bandidos estiverem soltos, é muito perigoso.

— Não vão ficar soltos muito tempo — disse seu Lopes, muito decidido. — Vou avisar o delegado.

Todos nos entreolhamos, meio sem graça. Aquilo ia estragar a nossa aventura. Lu tentou ganhar tempo:

— Mas de onde o senhor conhece o Durval? Por que ficou tão interessado nele?

Então, todo emocionado, enquanto a mulher enxugava as lágrimas, o seu Lopes contou uma história comprida, que eu vou resumir aqui, porque senão a gente não acaba mais e eu já estou ficando meio cansado de escrever. Além de tudo, os detalhes não interessam muito para a nossa história. Só o sentido geral.

Acontece que seu Lopes tinha uma irmã que tinha sido casada com um peão da Fazenda do Retiro. Um dia, brigou com o marido e resolveu sair de casa, largar tudo para trás, ir para a capital. Depois que arranjou um emprego, conseguiu que alguém a ajudasse a escrever uma carta para o irmão, dando notícias e perguntando pelo filho. Já dá para adivinhar, um menino chamado Durval, que tinha ficado na fazenda com o pai. Seu Lopes e dona Glorinha foram até lá. Tentaram se informar pela região e souberam que o pai do garoto tinha sido visto por ali pouco tempo antes. Mas no Retiro o capataz contou a eles que os dois tinham pedido as contas e ido embora, não trabalhavam mais lá. E, quando o dono da queijaria quis saber para onde eles tinham ido, o sujeito disse que tinha uma notícia muito triste, que pai e filho tinham ido trabalhar em outra fazenda do mesmo dono, muito longe dali, mas que um dia uma cobra venenosa picou o menino, que morreu. E o pai ficou tão abalado, que até voltou para o Retiro, mas poucos meses depois morreu de desgosto. Seu Lopes nem duvidou da história, escreveu para a irmã contando. Ela nunca se conformou, ficou uma pessoa sempre triste. E agora estava chegando, na semana seguinte, para passar uns dias com o irmão!

Ficamos todos no maior assanhamento, comentando as novidades. Era uma coisa maravilhosa! A aventura ganhava novos capítulos... A gente conseguia prender os bandidos e resolver a situação do Durval. Tudo graças à ajuda decisiva de nossos amigos secretos.

— E também à Helô — lembrou Lorena. — Se não fosse por aquele envelope dela, não tínhamos pago ao senhor, e Dom Quixote não tinha vindo para cá. Nunca íamos descobrir que Durval é seu sobrinho...

Seu Lopes olhou para ela e sorriu:

— Você tem toda razão, menina. Pois então eu devolvo o dinheiro da Helô. Como recompensa.

— Oba! — exclamou Lorena. — Assim já deve estar quase dando para ela comprar a bicicleta. Vamos dizer a ela!

— Se não der, eu completo — prometeu ele.

Dona Glorinha acrescentou:

— Os outros também merecem uma recompensa, meu bem.

— Isso mesmo — concordou ele. — O que é que vocês querem?

Tentamos decidir. Alguma coisa para o clubinho, claro. Mas o quê? Cada um dava palpites: um cachorro, uma escada para subir na árvore, uma geladeirinha, uma rede de vôlei, um cavalo, uma televisão nova...

Quando falamos nisso, dona Glorinha exclamou:

– Se quiserem uma televisão, podem levar a nossa, que acabamos de comprar outra. Está usadinha, mas em perfeito estado...

– Mas, afinal, onde está o Durval? – lembrou seu Lopes.

Estava na hora de ir buscar o nosso protegido. Não havia motivos para adiar.

– Temos que chamar a Helô – lembrou o Tiago, que, pelo jeito, agora vivia mesmo com ela na cabeça.

Chamamos a Helô, que chamou a Emília, que disse que só vinha se viesse também Dom Quixote, que fez questão de vir de braço dado com Tom Sawyer porque andava todo feliz por ter descoberto um menino que devia ser louco da mesma enfermaria que ele. E lá fomos para o clubão numa estranha caravana: uma carroça carregada de bandidos amarrados, seguida por um caminhãozinho amassado (levando uma televisão e cheio de crianças, adolescentes, e estranhos personagens vestidos de um modo muito esquisito) e, no final de tudo, um gorducho montado num burrico, puxando um pangaré esquelético. E bem mais atrás, se arrastando pela poeira da estrada, um crocodilo disfarçado de jacaré, meio sem esperanças de conseguir lanchar dessa vez.

10 ... *E o vento levou*

Pelo caminho, ia todo mundo conversando animado, sobre tantas novidades que aconteciam.

Peter Pan, meio impaciente, não estava gostando muito do rumo que as coisas tomavam e acabou decidindo se separar do grupo e seguir pela estrada com Pedrinho e Huck na direção oposta, para ver se achava Gancho e Veneno.

Pouco depois da despedida dos três, de repente, Lu me disse:

— Antônio Carlos, a gente não pode deixar seu Lopes e dona Glorinha entrarem no clubão e verem o nosso vídeo. Essa história não pode se espalhar. Senão, todo mundo vai querer ir para o Sítio do Picapau Amarelo também e não vai dar certo.

— A Lu tem razão, Pereba — concordou Tiago. — Temos que pensar num jeito de disfarçar.

— Deixem comigo — disse a Lorena. — Eu tenho um plano.

Quando paramos em frente ao portão do clubinho, ela saltou logo da carroceria do caminhão e falou com seu Lopes, antes mesmo de ele abrir a porta da boleia:

– Para ir buscar o Durval, vou precisar da minha bicicleta, mas o pneu dela está arriado e a corrente está partida. Será que vocês podiam me dar uma carona até a oficina?

A essa altura, seu Lopes e a mulher faziam tudo o que a gente pedisse. E foi assim que nós saltamos, trouxemos para o caminhão a tal bicicleta velha lá de dentro e depois fomos levando a nova televisão lá para o clubão, enquanto o Samuca ia em frente com a carroça, seguido pelo caminhão – com Lorena e a bicicleta. Sancho ficou, porque Dom Quixote ficou, porque Tom ficou – e, claro, também Emília e Helô ficaram.

Lá dentro, diante da telinha ligada, vimos minha irmã e nossos outros amigos no Sítio, brincando com Rabicó.

Acho que a companhia de Dom Quixote e Helô estava fazendo muito bem a Emília, que estava de ótimo humor. Assim que viu Pilar, exclamou:

– Olha só, Narizinho, que bochechuda que ela é! A maior das galantezas. Até parece o Flor-das-Alturas, você não acha? Os mesmos cachinhos, as mesmas covinhas nas mãos...

– Flor-das-Alturas era o anjinho que a gente trouxe da *Viagem ao Céu* e ficou uma temporada aqui no Sítio... – explicou a menina.

Pilar logo nos viu e percebeu que a boneca estava toda sorridente para ela. Ficou contente e apontou para nós, mostrando aos outros:

– Olha lá o pessoal do outro lado da cerca!

– Vamos pular para lá? – propôs Sérgio.

Mário estava com a boca muito cheia de bolinho para responder qualquer coisa, mas concordou com a cabeça.

— Cuidado para não se machucarem! — avisou Cláudia.

Carol logo deu as ordens:

— Fiquem do lado de cá. Eu vou primeiro e ajudo vocês.

Foi justamente o que fizeram. Ela passou para o lado de cá da cerca, que nós não conseguíamos ver, mas devia ficar bem na linha da tela, porque num instante a Carol estava na sala do clubão conosco. Depois Pilar subiu, virou a bundinha rechonchuda para o nosso lado, e Carol a pegou no colo. Um por um, os outros vieram — o Mário, o Sérgio, a Cláudia... Até o Durval, já com curativo e uma cara muito mais animada.

Começaram a falar todos ao mesmo tempo, a se gabar de como tinham se divertido, a contar que fizeram uma pescaria no ribeirão, a dizer que Dona Benta estava procurando os netos para o lanche, a nos propor de irmos para lá logo, porque era uma maravilha.

Bem nesse momento, apareceu tia Nastácia na tela, olhou para nós, viu Narizinho, Emília, e gritou:

— Narizinho, vovó está chamando! Já pra dentro, cambada!

Tinha que ser justamente nessa hora? Só vimos Dom Quixote desembainhar a espada e exclamar, bem ao mesmo tempo:

— Desta vez não me escapas, maldito Freston! Podes te transformar nessa serpente peçonhenta, mas eu te reconheço!

Antes que qualquer um de nós pudesse fazer um gesto para impedir, ele já tinha cortado o fio que vinha da tomada na parede, onde estava ligado o nosso velho conjunto de televisão meio quebrada e vídeo pifado. Sumiu tudo da tela, enquanto uma ventania giratória, um rodamoinho, rodava pela sala, se afunilava e se metia lá dentro da tela, como se fosse um ralo de banheira chupando tudo para o fundo. Narizinho, Emília, Dom Quixote, Sancho, Tom Sawyer foram todos carregados. Girando, girando, o rodamoinho saiu pela janela, trouxe Pedrinho,

Huck e Peter Pan voando lá de fora, engoliu os três também. Até o crocodilo passou rabeando pelos ares. Mais tarde, o Samuca contou que mesmo os bandidos amarrados em cima da carroça foram levados pelo furacão.

Quando tudo se acalmou, estávamos só nós, de novo. O pessoal de sempre, a turma do clubinho. E mais o Durval, com uma cara meio estatelada, de quem não estava entendendo nada. Ninguém explicou, também. Explicar o quê? Já tínhamos tantas explicações da história dele para dar – falar na mãe, nos tios, na casa nova onde ele ia morar... Ainda íamos misturar isso com Sítio do Picapau Amarelo e personagens maravilhosos? Era melhor ele continuar achando o que sempre achou: que com o acidente de bicicleta tinha levado uma pancada na cabeça e tinha sonhado uma porção de coisas esquisitas. Agora ia voltar ao normal.

Só que esse normal ficou diferente. A vida dele estava a ponto de mudar totalmente, com a descoberta de mãe, tios, primos, toda uma família. E além do mais alguma coisa em toda essa aventura deixou nele marcas para sempre: desde que se mudou para Cedrinho com seu Lopes, e mesmo depois que foi para a capital com a mãe (como ia acontecer, mas a essa altura a gente ainda não sabia), ele descobriu os livros. Leu toda a obra do Monteiro Lobato, leu os livros de Mark Twain, as aventuras de Peter Pan, aquele monte de coisas que os dois Alexandre Dumas escreveram. Leu um monte de autores brasileiros que ele saiu descobrindo por aí e que logo estava discutindo com todos nós, na maior intimidade – a Ruth, a Ana, a Lygia, o Marinho, o Bartolomeu, a Sylvia, o Pedro Bandeira, o Ziraldo, a Fernanda... Deve ter devorado esses livros, porque já nas férias seguintes (quando estou escrevendo esta história e ele voltou a Cedrinho pela primeira vez) estava com a cabeça cheia de personagens e ideias. Se bobear, acaba virando escritor. Ou pega a loucura de Dom Quixote e de Tom Sawyer – a tal de achar que o mundo dos livros existe de verdade. Já descobriu até mais loucos desse tipo. Outro dia estava falando numa tal de Emma Bovary, de quem eu nunca tinha ouvido falar, e minha mãe disse que é de um livro para adultos.

Mas enfim é melhor eu não misturar os tempos. Isso só vai acontecer um pouco depois. Onde é que nós estávamos mesmo? Ah, na hora em que veio o rodamoinho e levou os personagens todos. E o Durval ficou ali parado, olhando, com cara de quem está acordando de um sonho muito enrolado.

11 Amigo novo

Quanto a nós, sabíamos perfeitamente que não tinha sido sonho, delírio nem imaginação. Todos com o mesmo sonho ao mesmo tempo? Impossível.

Mas só muito depois foi que pudemos avaliar o que tínhamos perdido. Nos primeiros dias, além das novidades todas com o Durval e de um montão de lembranças das aventuras, em que ficávamos falando o tempo todo, passávamos os dias inteiros tentando consertar o aparelho.

Duda, aflito, descobriu todos os caras nas redondezas que entendiam qualquer coisa de eletrônica e podiam ajudar – mas não houve jeito.

Lorena até trocou o teclado do computador por um mergulho nas entranhas dos tais aparelhos – mas foi o mesmo que nada.

Helô chegou a botar todo o dinheiro da bicicleta dela à disposição para comprarmos peças, mas não era o caso porque era óbvio que só precisava mesmo de um fio novo. Mas mesmo depois do fio trocado, nunca mais aconteceu nada além de chuviscos e programas normais.

Lu deve ter devastado a biblioteca da casa dos avós dela, trazendo livros novos todos os dias, para a gente tentar enfiar pelo vídeo adentro e ver no que dava. Deu em nada.

Tiago e eu pensamos numa espécie de antena nova, lembramos do menino daquele filme do E.T., que conseguiu se comunicar com outros planetas, e fizemos várias experiências com guarda-chuvas, bacias, talheres, arames... Mas nada deu certo.

Passamos dias e dias às voltas com todas essas tentativas, mas nunca mais conseguimos ver de novo qualquer coisa que não fosse o que se passa em todas as telas de tevê do mundo. Cada dia era uma nova experiência, cada dia era um novo fracasso.

Quando abrimos os olhos, as férias de julho, tão curtinhas, estavam acabando.

Os fins de semana em que viemos a Cedrinho nos meses seguintes não foram suficientes para alterar a situação. Por isso agora, no início das férias compridas de verão, fizemos uma reunião e tivemos que aceitar a realidade: sozinhos, não estamos sendo capazes de reencontrar nossos amigos secretos. Resolvemos então pedir ajuda. E foi assim que este livro começou.

No começo, a gente não sabia que ia ser um livro. Só pensamos em contar para alguém, numa carta bem detalhada, tudo o que tinha acontecido, explicando que precisávamos de assistência técnica. Ou de socorro mesmo, que já estamos desesperados. Mas a quem íamos mandar a tal carta?

As ideias se multiplicaram. Podíamos escrever aos fabricantes de peças. Aos sindicatos dos técnicos que consertam televisão. Aos representantes das fábricas. Às universidades que estudam esse tipo de coisa. Aos jornais que publicam tudo o que é novidade. Mas a verdade é que a gente não queria exatamente virar notícia do *Fantástico* e desencadear uma romaria ao clubinho. Até que a Lu  achou a solução óbvia – tínhamos que recorrer a quem pudesse ser amigo da gente e entender que isso tudo é um segredo, um tesouro precioso que não deve ser desperdiçado nem cair em mãos erradas. Ou seja, tínhamos que nos dirigir a gente como nós. Leitores. Capazes de apreciar as emoções todas que esses personagens perdidos nos dão, de vibrar com as aventuras que vivemos com eles.

O resto você já sabe. Fizemos o sorteio. Eu fui encarregado de escrever. E agora este livro está em suas mãos, na esperança de você fazer com ele algo que mude as coisas. Onde quer que você esteja, contamos com você, nosso novo amigo secreto. Nosso cúmplice.

P. S.: Depois de eu ter escrito tudo isso, dei para a turma ler. Deram palpites e fizeram correções. A maioria, eu aceitei. Mas só agora, depois que já estava tudo impresso, foi que apareceu uma ótima sugestão da Lu, que eu não posso deixar de fora. Ela propõe que, se você tiver alguma ideia e quiser nos ajudar, é só escrever para a editora. Quem sabe se assim a gente não consegue viver novas aventuras?

Tchau,
Antônio Carlos, ex-Pereba.

12 *Pereba fica de fora*

A história pode ter acabado aí, mas o livro continua. Porque ainda falta um capítulo: este aqui, que o Pereba não escreveu. São os nossos comentários. Nossos, quer dizer, do resto da turma. Porque é verdade que o Pereba foi sorteado, contou tudo, e depois deu para a gente ler. Como ele disse, demos palpites, fizemos algumas correções e concordamos com o que estava escrito. Mas não tiramos as coisas que ele disse de nós entre parênteses... Achamos bom deixar para os leitores saberem. Mas também discutimos muito. E, no fim, achamos melhor dar umas respostinhas individuais, para vocês saberem que também temos nossas opiniões.

Pilar, Mário e Sérgio são pequenos demais e não escreveram nada. Mas nós nos juntamos e mandamos estes recadinhos para vocês:

Do Tiago:

Eu não tenho mesmo muita coisa para dizer. Achei o livro do Pereba o máximo; eu nunca seria capaz de conseguir contar tudo tão direitinho como aconteceu. Só achei meio esquisito quando vi que ele achava que nós dois gostávamos da mesma menina, porque eu nunca tinha desconfiado de nenhum interesse dele pela Helô. Mas depois eu vi que ele pensava era na Lu... Bom, tem gosto pra tudo, né?

Da Helô:

Menino é mesmo muito bobo, não entende nada de certas coisas. Mas a história que o Pereba contou está certa, fora essas coisinhas de gostar... E mais: eu não sou implicante, só sei é me defender. Não sou preguiçosa, só aprecio um bom soninho de manhã. Não sou maníaca por limpar dente, só tenho horror de cárie (e por isso tenho o tal sorriso lindo de que ele falou). E gosto de ler, até que muito, só não sou é fissurada que nem a Lu. Mas é verdade que subo em árvore muito bem e que dei uma boa ajuda na situação, com o dinheiro da minha bicicleta.

Do Duda:

Não tenho nada para reclamar. Nunca pensei que alguém da nossa idade fosse capaz de escrever um livro desses, mesmo com computador. Fiquei espantado de ver como o Pereba conseguiu. Só achei um pouco exagerado ele dizer que eu sou mais forte que o Tiago e ele juntos, e que eu não tenho medo de nada (mas é que meus medos são de noite, no escuro, e disso ele não sabe). E não é bem verdade que eu me atrapalho com computador e vídeo, mas é que eu não estou acostumado com eles, entendo mais de bicho e planta.

Da Carol:

Não sou mandona coisa nenhuma, não sei de onde o Pereba tirou essa ideia. E eu também ia detestar ser irmã dele – ainda bem que não sou.
Achei o livro dele interessante, mas na minha opinião faltou muita coisa. Ele não contou nada do que aconteceu conosco (eu, Cláudia, Pilar, Mário, Sérgio, o Visconde de Sabugosa, Dona Benta, tia Nastácia, o rinoceronte Quindim, o Burro Falante) no Sítio do Picapau Amarelo enquanto eles estavam naquelas aventuras meio sem graça, lá do lado de fora do vídeo. As nossas foram muito mais divertidas. Está certo que ele não estava lá para saber, mas podia ter entrevistado a gente, não podia? Ia ficar sabendo de cada coisa...

Da Cláudia:

A Carol que me desculpe, mas eu não estou de acordo. Quer dizer, até acho que as nossas aventuras devem ter sido mais divertidas, mas o Pereba não podia saber – e aí já ia ser outro livro, não o que a turma pediu para ele escrever. Além disso, achei muito simpático ele dizer que eu sou bonitinha e esperta feito passarinho. Nunca ninguém tinha me dito isso antes.

Da Lorena:

Sem querer parecer convencida ou antipática, só quero garantir uma coisa: se no sorteio tivesse saído o papelzinho com o meu nome, tenho certeza de que meu livro ia ser muito mais objetivo. Francamente, acho que o Pereba se enrolou um pouco. A história em si até que passa. As coisas aconteceram assim mesmo, em linhas gerais. Mas ele deu muita opinião pelo meio. Por exemplo, precisava ficar fazendo tanto elogio à Lu? Ou tanta crítica à minha capacidade de organização? Afinal de contas, sem planejamento não se chega a lugar nenhum...

Da Lu:

Achei demais, perfeito! O Antônio Carlos não é mesmo uma gracinha?

anamariamachado

com todas as letras

Nas páginas seguintes, conheça a vida e a obra de Ana Maria Machado, uma das maiores escritoras da literatura infantojuvenil brasileira.

Biografia

Árvore de histórias

"Escrevo porque é da minha natureza, é isso que sei fazer direito. Se fosse árvore, dava oxigênio, fruto, sombra. Mas só consigo mesmo é dar palavra, história, ideia." Quem diz é Ana Maria Machado.

Os cento e tantos livros dela mostram que deve ser isso mesmo. Não só pelo número impressionante, mas sobretudo pela repercussão. Depois de receber prêmios de perder a conta, em 2000 veio o maior de todos. Nesse ano, Ana Maria recebeu, pelo conjunto de sua obra, o prêmio Hans Christian Andersen.

Para dar uma ideia do que isso significa, essa distinção internacional, instituída em 1956, é considerada uma espécie de Nobel da literatura para crianças. E apenas uma das 22 premiações anteriores contemplou um autor brasileiro. Aliás, autora: Lígia Bojunga Nunes, em 1982.

Mas mesmo um reconhecimento como esse não basta para qualificar Ana Maria. Dizer que ela está entre os maiores nomes da literatura infantojuvenil mundial é verdade, mas não é tudo.

Primeiro, porque é difícil enquadrar seus livros dentro de limites de idade. Prova disso é a sua entrada, em abril de 2003, para a Academia Brasileira de Letras – instituição da qual já havia recebido, em 2001, o prêmio Machado de Assis, o mesmo concedido a Guimarães Rosa, Cecília Meireles e outros gigantes da literatura brasileira.

Segundo, porque outra obra fascinante de Ana Maria é sua vida. Ela é daquelas pessoas que não param quietas, sempre experimentando, aprendendo, buscando mais. Não só na literatura. Antes de fixar-se como escritora, trabalhou num bocado de outras coisas. Foi artista plástica, professora, jornalista, tocou uma livraria, trabalhou em biblioteca, em rádio... Fez até dublagem de documentários!

Nos anos 1960 e 1970, foi voz ativa contra a ditadura, a ponto de ter sido presa e acabar optando pelo exílio na França. Esse país acabou sendo um dos lugares mais marcantes de suas andanças pelo mundo. Ana também viveu na Inglaterra, na Itália e nos Estados Unidos. Ainda hoje, embora tenha endereço oficial – mora no Rio de Janeiro –, vive pra cá e pra lá. Feiras, congressos, conferências, encontros, visitas a escolas... Ninguém mandou nascer com formiga no pé!

Ana junto à estátua de Hans Christian Andersen, em Nova York.

Fã de Narizinho

Ana Maria publicou seu primeiro livro infantil, *Bento que bento é o frade*, aos 36 anos de idade, mas já vivia cercada de histórias desde pequena. Nascida em 1941, no Rio de Janeiro, aprendeu a ler sozinha, antes dos cinco anos, e mergulhou em leituras como o *Almanaque Tico-Tico* e os livros de Monteiro Lobato – *Reinações de Narizinho* está entre suas maiores paixões.

Ana, aos 2 anos, com a boneca Isabel

Amigos secretos

Cresceu na cidade grande, mas passava longas férias com seus avós em Manguinhos, no litoral do Espírito Santo, ouvindo e contando um montão de "causos". Aos doze anos, teve seu texto "Arrastão" (sobre as redes de pesca artesanal, que conheceu em Manguinhos) publicado numa revista sobre folclore.

Muito depois, no início dos anos 1970, outra revista — *Recreio* — deu o impulso que faltava para Ana virar escritora de vez: convidou-a para escrever histórias para crianças. Ana não entendeu muito bem por que procuraram logo ela, uma professora universitária sem nenhuma experiência no assunto. Mas topou.

E nunca mais parou de escrever e de crescer como autora para crianças, jovens e adultos. Nessa trajetória de aprendizado e sucesso, sempre foi acompanhada de perto por uma grande amiga, também brilhante escritora. Quem? Ruth Rocha, que entrou em sua vida como cunhada.

Por falar em família, Ana tem três filhos. Do casamento com o irmão de Ruth, o médico Álvaro Machado, nasceram os dois primeiros, Rodrigo e Pedro. Luísa, a caçula, é filha do segundo marido de Ana, o músico Lourenço Baeta. E, desde 1996, começaram a chegar os netos: Henrique, Isadora...

Fortalecida por tanta gente querida e pelo amor pela literatura, Ana Maria nunca deixou de batalhar pela cultura, pela educação e pela liberdade. Seu maior instrumento é o trabalho como escritora. Afinal, como ela diz, "as palavras podem tudo".

Para saber mais sobre a autora, visite o *site* <www.anamariamachado.com>

Bastidores da criação

Ana Maria Machado

De todos os meus livros, *Amigos secretos* talvez seja o mais antigo em minha ideia. Quando eu era criança e leitora do Picapau Amarelo, sempre sonhava em ir até lá e cismava que ia descobrir um jeito. A mesma sensação tive quando li os livros de Mark Twain, já entrando na adolescência. Tinha loucura para descer o Mississípi numa balsa.

Ultimamente, vinha pensando nesse tema. Um dia, quando vi em minha casa umas pilhas de fitas e livros misturados, me ocorreu que um livro enfiado num aparelho de vídeo podia servir para dar essa passagem.

E, por falar em televisão, acho que ela só é boa quando ocupa um lugar limitado em nossas vidas. Quando assistir aos programas é apenas uma atividade entre outras, a tevê pode ser uma janela para outros lugares e outras épocas, uma aliada da literatura, da música, da dança, enfim, de todas as artes. Mas quando a pessoa, coitada, fica vendo tevê em vez de viver, vê desenho animado em vez de brincar, novela em vez de namorar... bem, nesse caso, eu acho meio doentio, como se o cara tivesse virado um pouco máquina, deixando que a experiência dos outros substitua a dele.

Mas, voltando a *Amigos secretos*, os personagens que eu escolhi para entrar neste livro estão entre os que mais amei e me marcaram na infância e na adolescência. São personagens que também nutriram a loucura por livros, que não sabiam separar muito bem o lido e o vivido. A turma do Picapau Amarelo sempre esteve às voltas com personagens de outros livros. Dom Quixote acreditava mais nas novelas de cavalaria que no mundo real. Peter Pan abandona a Terra do Nunca para ouvir as histórias que a senhora Darling lê para os filhos (gosta tanto que acaba levando Wendy com ele, a fim de que ela conte histórias aos Meninos Perdidos). Tom Sawyer segue os exemplos de seus heróis literários em muitas das aventuras em que se mete.

Também eu, desde criança, fui uma leitora voraz. Devorava um livro atrás do outro. Mas também adorava brincar. Hoje, como brinco menos, leio ainda mais. Mas sempre me entreguei

Ana, aos 15 anos

à leitura de maneira total, aceitando o mundo do livro com sua lógica e suas regras próprias, sem querer impor a minha. Assim, nunca me meti a questionar, por exemplo, que o crocodilo que perseguia o Capitão Gancho era impossível de existir porque crocodilo não vive no mar. Nem achava esquisito que Emília e Narizinho a cada hora tivessem um tamanho ou que os vizinhos de Dona Benta não estranhassem encontrar por ali uma boneca independente e asneirenta, um burro falante, um sabugo de milho sábio como o Visconde e tanta coisa mais.

Todo bom leitor descobre um jeito diferente de conviver com os personagens a que se afeiçoa. Esse jeito é uma espécie de outro livro, que ele vai escrevendo em sua cabeça enquanto lê o que o autor escreveu. Daí nasce um convívio íntimo, que dura para sempre. Essa é a mágica e o grande mistério da leitura, um grande barato, um prazer imenso que nenhuma outra atividade pode dar. Dá até pena de quem não teve a oportunidade de descobrir livros bons e que não sabe como é gostoso... é meio assim como quem nunca teve a sorte de se apaixonar por alguém e ser correspondido, e daí fica achando que o amor não existe. Muito triste.

Nome: _____
Ano: _____ Ensino: _____
Escola: _____

Suplemento de leitura
editora ática

Amigos secretos, de **ana maria machado**

Pela tela de uma tevê, como num passe de mágica, a turma do clubinho sai de Cedrinho, um pequeno povoado do interior, e chega ao Sítio do Picapau Amarelo. E volta de lá trazendo grandes personagens da literatura universal, para juntos viverem uma grande aventura.

1. Oito jovens e três crianças fazem parte do clubinho. Complete a cruzadinha com o nome dos oito jovens, de acordo com a opinião do narrador da história sobre eles.

a. "uma garota bonitinha, bem morena, ligeira e esperta feito passarinho"
b. "é cheia de ideias [...] Tem o cabelo preto e curto, o nariz mais certinho que eu já vi"
c. "é troncudo e forte mesmo [...] Mas, em compensação, se atrapalha todo com computador e vídeo"
d. "a primeira coisa que eu vou fazer vai ser acabar com esse apelido [...], que eu detesto e é superinjusto"

a. C
b. L
c. U
d. B
e. I
f. N
g. H
h. O

2. Das três crianças pequenas, uma tem papel fundamental na história. Quem é ela e por que o seu papel é importante?
_____

4. Enquanto Pilar passa pela tela da tevê e é recebida pela turma do clubão, fora do Sítio, um menino bate com a bicicleta na porteira. É Durval, que está fugindo de uns sujeitos mal-encarados. Eles têm versões diferentes para o que está se passando. Assinale com *D* as afirmações de Durval e com *B* as dos bandidos.

( ) O menino roubou uma bicicleta na Fazenda do Retiro e fugiu.

( ) O menino é um trabalhador da Fazenda do Retiro, onde é tratado como escravo e de onde não pode sair.

( ) Os homens são trabalhadores honestos da Fazenda do Retiro.

( ) O menino é órfão, mas tem um tio que mora perto do clubinho.

5. A turma consegue sintonizar novamente o programa do *Sítio do Picapau Amarelo* e todo mundo, inclusive Durval, entra pela tela da tevê e vai para o Sítio. Lá, eles também encontram Peter Pan, que lhes revela a verdadeira identidade dos bandidos. Quem são eles? Que outros personagens de livros a turma do clubinho encontra no Sítio?

7. De volta a Cedrinho, Helô resolve um grande problema para a turma: paga o conserto do caminhãozinho de seu Lopes, danificado pelo ataque de Dom Quixote. Tiago, maravilhado, a abraça e demonstra seus sentimentos por ela. Qual a importância dessa atitude de Tiago para o romance entre Pereba e Lu?

....
....
....
....
....
....

8. Mais uma vez Dom Quixote acha que está diante do monstro quando olha para o televisor e vê tia Nastácia. O que ele faz? Quais são as consequências de seu ato?

6. Lá no Sítio, surge uma discussão sobre a igualdade entre homens e mulheres, quando Huck pergunta a Peter Pan se ele acha que uma menina também pode ser corajosa. E você, o que acha? Dê um exemplo para justificar sua resposta.

9. Depois de contar a história, Pereba deixa clara qual é a ajuda que eles querem.

a. Que ajuda é essa? A quem eles fazem o pedido de ajuda?

b. Imagine uma forma bem criativa de atender ao pedido de ajuda de Pereba e escreva uma carta à turma do clubinho dando a sua sugestão.

briga bem quando é preciso [...] ele é meu melhor amigo."

f. "Sempre na dela, organizada, planejando coisas. Às vezes um pouco demais para o meu gosto"

g. "Para essas coisas de dentes, ela nunca tem preguiça. Só para o resto."

h. "fora o mandonismo com os irmãos, [...] é uma menina muito legal, divertida"

3. Quando olham para a tevê, no clubão, os garotos veem os personagens do Sítio do Picapau Amarelo e conversam com eles. Como a tela da tevê se transforma numa espécie de janela, permitindo que a turma interaja com os personagens de Monteiro Lobato?

Obras de Ana Maria Machado

Em destaque, os títulos publicados pela Ática

Para leitores iniciantes

Banho sem chuva
Boladas e amigos
Brincadeira de sombra
Cabe na mala
Com prazer e alegria
Dia de chuva
Eu era um dragão
Fome danada
Maré baixa, maré alta
Menino Poti
Mico Maneco
No barraco do carrapato
No imenso mar azul
O palhaço espalhafato
Pena de pato e de tico-tico
O rato roeu a roupa
Surpresa na sombra
Tatu Bobo
O tesouro da raposa
Troca-troca
Um dragão no piquenique
Uma arara e sete papagaios
Uma gota de mágica
A zabumba do quati

Primeiras histórias

Alguns medos e seus segredos
A arara e o guaraná
Avental que o vento leva
Balas, bombons, caramelos
Besouro e Prata
Beto, o Carneiro
Camilão, o comilão
Currupaco papaco
Dedo mindinho
Um dia desses...
O distraído sabido
Doroteia, a centopeia
O elefantinho malcriado
O elfo e a sereia
Era uma vez três
Esta casa é minha
A galinha que criava um ratinho
O gato do mato e o cachorro do morro
O gato Massamê e aquilo que ele vê
Gente, bicho, planta: o mundo me encanta
A grande aventura de Maria Fumaça
Jabuti sabido e macaco metido
A jararaca, a perereca e a tiririca
Jeca, o Tatu
A maravilhosa ponte do meu irmão
Maria Sapeba
Mas que festa!
Menina bonita do laço de fita
Meu reino por um cavalo
A minhoca da sorte
O Natal de Manuel
O pavão do abre e fecha
Quem me dera
Quem perde ganha
Quenco, o Pato
O segredo da oncinha
Severino faz chover
Um gato no telhado
Um pra lá, outro pra cá
Uma história de Páscoa
Uma noite sem igual
A velha misteriosa
A velhinha maluquete

Para leitores com alguma habilidade

Abrindo caminho
Beijos mágicos
Bento que Bento é o frade
Cadê meu travesseiro?
A cidade: arte para as crianças
De carta em carta
De fora da arca
Delícias e gostosuras
Gente bem diferente
História meio ao contrário

O menino Pedro e seu Boi Voador
Palavras, palavrinhas, palavrões
Palmas para João Cristiano
Passarinho me contou
Ponto a ponto
Ponto de vista
Portinholas
A princesa que escolhia
O príncipe que bocejava
Procura-se Lobo
Que lambança!
Um montão de unicórnios
Um Natal que não termina
Vamos brincar de escola?

Livros de capítulos

Amigo é comigo
Amigos secretos
Bem do seu tamanho
Bisa Bia, Bisa Bel
O canto da praça
De olho nas penas
Do outro lado tem segredos
Do outro mundo
Era uma vez um tirano
Isso ninguém me tira
Mensagem para você
O mistério da ilha
Mistérios do Mar Oceano
Raul da ferrugem azul
Tudo ao mesmo tempo agora
Uma vontade louca

Teatro e poesia

Fiz voar o meu chapéu
Hoje tem espetáculo
A peleja
Os três mosqueteiros
Um avião e uma viola

Livros informativos

ABC do Brasil
Os anjos pintores
Manos Malucos I
Manos Malucos II
O menino que virou escritor

Na praia e no luar, tartaruga quer o mar
Não se mata na mata: lembranças de Rondon
Piadinhas infames
O que é?

Histórias e folclore

Ah, Cambaxirra, se eu pudesse...
O barbeiro e o coronel
Cachinhos de ouro
O cavaleiro do sonho: as aventuras e desventuras de Dom Quixote de la Mancha
Clássicos de verdade: mitos e lendas greco-romanos
O domador de monstros
Dona Baratinha
Festa no Céu
Histórias à brasileira 1: a Moura Torta e outras.
Histórias à brasileira 2: Pedro Malasartes e outras
Histórias à brasileira 3: o Pavão Misterioso e outras
João Bobo
Odisseu e a vingança do deus do mar
O pescador e Mãe d'Água
Pimenta no cocuruto
Tapete Mágico
Os três porquinhos
Uma boa cantoria
O veado e a onça

Para adultos

Recado do nome
Alice e Ulisses
Tropical sol da liberdade
Canteiros de Saturno
Aos quatro ventos
O mar nunca transborda
Esta força estranha
A audácia dessa mulher
Para sempre
Palavra de honra
Sinais do mar
Como e por que ler os clássicos universais desde cedo